高新东散

站在岸上赏月

高新东◎著

江苏凤凰文艺出版社
JIANGSU PHOENIX LITERATURE AND ART PUBLISHING

图书在版编目 (CIP) 数据

站在岸上赏月 / 高新东著 . -- 南京：江苏凤凰文艺出版社，2024.6
ISBN 978-7-5594-8272-3

Ⅰ. ①站… Ⅱ. ①高… Ⅲ. ①散文集—中国—当代 Ⅳ. ①I267

中国国家版本馆 CIP 数据核字（2024）第 008439 号

站在岸上赏月

高新东 著

责任编辑 梁雪波
装帧设计 融蓝文化
责任印制 杨 丹
出版发行 江苏凤凰文艺出版社
南京市中央路 165 号，邮编：210009
网 址 http://www.jswenyi.com
印 刷 南京迅驰彩色印刷有限公司
开 本 880 毫米 ×1230 毫米 1/32
印 张 9
字 数 177 千字
版 次 2024 年 6 月第 1 版
印 次 2024 年 6 月第 1 次印刷
书 号 ISBN 978-7-5594-8272-3
定 价 68.00 元

目 录

第二辑　良知就像一束光

第三辑　独有禅师不出房

第四辑　最大的靠山

序一：

书籍，是灵魂的枕头

蒋　巍

1

书海中的一片风帆。

拂过书边的一阵清风。穿行在书页之外的一些足迹。流连在字行中的一些感念。然后抵达人生之岸，身后是烛灯照亮的窗口和母亲操劳的白发。

读来亲切，在于天下同感。

读来感动，在于每人都这样长大。

2

《光阴也长大》《秋色如春》《站在岸上赏月》《飞过一片时间的海》是四本散文集，是读书的笔记，也似心灵的笔记。书里的文字细如叶脉，蜿蜒在一片片日历和日记般的静思中，又像春风又绿江南般的新绿，鲜丽在人生的缝隙中。即使进入秋色，也宛若新春月夜，透着高悬的灵动而散开的光，在小巷深处，在茶社里边，在海棠的花影之间。

这四本书，任意一本都可以放在枕边，慢慢读，时断时续地读，边想边忆地读。有时会让你激动，但更多的时候是让你静思，回味以往，回味世事，有时还会让你蓦然一惊：哦，当时那些事那些人那些情，像风进入风、水进入水，不经意间就过去了。而今回想，人生中一个重要的当口儿，命运中的一次巧遇，怎么就那样淡然放过去了？消失得像一片落叶。其实，每片落叶就是你的一张日历啊，都留有你的目光啊。

这四本书的最大优长，就在于它是生活本身。过去了但情感还在，启发还在，哲理还在。你匆匆忙忙来不及思考，作者的思考却在手边，像一扇可以推开的窗，让你眺望近切的路和通向的远方。

而且，书边的空白处还可以写些小印象、小感受、小记忆，写些浮想联翩中的自己，写写亲友在身边的日子，写出一个很小也很动情的世界。就像无事乱翻书必有所获，就像山路上遇到一个背着满筐苞米、两颊汗水淋漓的老农蹒跚而行，就像在上海的南京路上遇见一个美丽的少女擦肩而过。每个背景都是另一种生活和另一种选择。

我信步漫行时，常会望着他或她远去的背影，猜测他们的命运与未来。因为他中有我，我中有他，因为每个人的人生都是相关联的，苦难很远也很近，幸福很远也很近，温度很远也很近。

感知他人，就是作家的良知。

3

《光阴也长大》《秋色如春》《站在岸上赏月》《飞过一片时间的海》这四本书就是这么来的。看得出高新东先生的心很柔软很细腻很淡定，生活中的一切喜怒哀乐都记在心里，但写得很平实、很平静，甚至很简约。仿佛他仍在与幼时和后来的生活、与读过的书籍默默平行而且平等。

在他的文字里看不到成功，也没有出乎意料的欢欣和狂喜，只有平静。平静地看待一切，是生活的真谛。没有所谓的成功，自然也就没有所谓的失败。一切荣辱不惊，淡然处之。这就是平民一个、本色一个、街头远行的背影一个。很多老百姓就是靠这种乡情、乡愁活下来的，无坚不摧，生死由命。

人在做，天在看，夜里能睡个好觉，这就足够了。有什么东西是你能带走的吗？一切都是何必。

散文集里充满了这种叹息、感慨和对生活的敬重。浅淡中透着深刻，咏叹中渗着哲理。没有血肉相连的体会，就不会一语中的，荡起文中的波澜。

4

其实，高新东先生散文集中的那些经历，有些是相当动人、令人歌哭的，譬如那位远道而来、出钱让他上学、从而改变了他的命运的三叔，到现在作者也不知道应该怎样感谢和感恩。等于他给读者留下一个一直挂念在心的关切。

还有一种温情，就像家乡日日升起的炊烟，只飘散，不凋谢。

书中还写了许多平平常常的人物，都没有渲染，只是白描，寥寥数笔却鲜活于纸上。

看来作者在没有成为作家之前，就一直在关心、关注、关切他人，心中有自家温馨的小院，也有乡亲的冷暖。

这样的文学是有温度的。这是作家必备的目光和品质。

5

高新东先生的散文里充满了平民生活的气息。比如焦屑的味道，那是过去过年才能享用到的味道。不过看完全文我才知道，那就是北方人所说的油茶面的味道。

我上小学时，每天中午放学后便跑到父亲所在的机关，父亲便给我买一个烧饼、一碗油茶面，那扑鼻的香气让我至今难忘。读着高新东先生的散文集，仿佛少年时的香味又扑面而来。还有《秋天的第一杯奶茶》《老屋门前梨花开》《又见南国荔枝来》《千年流苏芳菲绽》，读来真个是芳香四溢，陶然自醉，自然也长了知识。

以前，我一直以为“流苏”是文人骚客造的雅词，是用来概括绫罗绸缎边缘垂挂的丝线的。读过后我才知道，流苏原来是一种名贵的树种，花期很长，生长很慢，花形不张扬却很优雅，有贵族少女之风。

我估计，走在开花的流苏树下，很容易迷路。

6

现今的花香，一般都在野地上、花盆上、阳台或窗台上，还有献给爱情的花束上，忙碌的人们很少能顾及和享受到。

高新东先生的散文却提醒了我们，香味就是生命的本色，是生活本该就有的气息。如果没有香味，人活着还有什么意思呢？如果没有香味，我估计活得无精打采的人类早就停止进化了。

人从猿猴变成人，一直忙碌到现在，为的啥？

其实就是为了创造香味。

7

说高新东先生的散文像“夜话”，是名副其实的。也确实，大半夜的瞎吵吵啥？

于是高新东先生就放低声量，轻轻地说，慢慢地说，细细地说，春风化雨般柔柔地说，说的全是家里家外、灯下絮语、人情往来、冷暖人生。没有一丝文人的居高临下、诲人不倦，也没有海量的“四书五经”、旁征博引。

他写得就像一位知友，读了一些书或有了一些体会，便细细向我们倾倒出来，说的是他自己，其实也是你我他，是在人海和书海中畅游所收获的朵朵浪花，让人感动，引人沉思。所以他和我们的感受交织交融在一起，都是日常，都是历练，都是交情，让我们的心底也溅起朵朵浪花。

8

看得出高新东先生写很久了，默默地、执着地、坚实地、温情地。世上本没有路，走的人多了，便成了路。而且路也变多了、宽了、挤了，谁也不服谁，爱谁谁了。而高新东先生就是捧着一颗炽热的心，埋头写自己的，一条路走到黑——再从黑转白。所以他的面前没有墙，只有路——一条属于自己的路。这从他的文字中可以看出来，真诚而多情，细腻而练达，多思而简洁。

文学是来自生活的，思想也是来自生活的。树上不掉下一颗苹果，就没有牛顿的万有引力；天上没有北斗七星跟着转，就没有宇宙之说。家里没有菜板，就没有母亲对土豆丝的追求。周边没有个三叔，就没有眼前这个高新东——另外一个高新东，肯定还在深更半夜给老牛喂草呢。喂饱了，点一根烟，也挺乐，照样跟老婆孩子也很牛。

不过爱好归爱好，喜好文学的他还会点灯熬油没命地写，比如"日落西山"啦，"月上柳梢"啦，"王小二爱上刘小芳"啦。但他肯定写不出下面这些句子：

"其实，只要心中有庭院，日出日落，三餐四季便都是桃花源。"

"如果天下所有人都能拥有属于自己的一方'人间四月天'，那岂不就是大同胜境？"

"人的一生其实就是那么几个十字路口，左右都是路，但是踏上去却是截然不同的命运。”

看来，高新东先生确实没耽误自己的才华，选对了路口。

2023 年 11 月 9 日于上海

（蒋巍：一级作家，中国作家协会会员。曾任《小说林》《诗林》总编辑、《文艺报》副社长、中国作协创作研究部副主任。2022 年，作品《国家温度》荣获第八届鲁迅文学奖报告文学奖。）

序二：

高新东的“蓝蜻蜓”

姜琍敏

我和高新东先生结识不久，却可谓很熟悉他了。即一气读完他的散文新著《光阴也长大》《秋色如春》《站在岸上赏月》《飞过一片时间的海》之后，感觉他如捧出一颗心般，向我也将向读者坦陈自己切身经历的爱与忧、情与思、追求与坚持之种种历程。其朴实的行文、丰富的细节、诚恳而严肃的思索，几乎令我如见其人、如闻其声地看到了活生生的“这一个”。仅从这点上看，高新东先生的散文可谓颇具内涵的好作品。好就好在其作者的写作姿态和立场是真实的、有情有义而直面人生的。

助力他成功的，自然是文学。可见，我们说文学是精神家园，绝非套话。而其中，写作者的姿态和立场是起决定作用的要素。

由于职业缘故，我接触过许多辛勤笔耕也有所成就的业余作家，他们有一个突出的共同点，即他们的写作，首先源于对文学、事业和生命的热爱。所以虽然时间、条件与机遇对他们很吝啬，却仍然能够百折而不挠，孜孜矻矻地坚守着自己的信念与实践，终于结出属于自己的生命之花、文学之果。

高新东先生就是其中较有代表性的一位。他从 20 世纪 80 年代就开始了他的文学事业。而那个年代，正是中国新时期文学事业空前繁荣和发展的肇始阶段。群雄并起，“群众”更多。以至当时生发出一种呼吁，要广大文学爱好者，“不要挤在文学的小道上”。我对此说向来不感冒。不仅因为我就是那个年代起来的，更因为我始终认为，文学可谓一切艺术甚至科学之母体，任何人热爱文学、企图创作终究是有益的。文学不仅是人的精神家园，本身亦是一种审美方式。愿意挤上文学小道之人，即便你走不出去甚或跌得头破血流，那种热爱文学而热爱阅读、勤于思考之习惯的形成，终究还是会如“随风潜入夜，润物细无声”的好雨，大大有助于一个人的审美能力和性格丰满的。即以高新东先生的创作历程来说，不是他从当年至今笔耕不辍的持之以恒，焉得今日之丰硕成果及良好的襟怀、情操?

高新东先生的写作最令我赞赏的是，他的创作路径正，给人一种不为功利，有感而发的印象。其文字不事浮丽却言之有物。总体文风则朴拙而自然、耐品而可读。当他在生活中“看”，在文章中“游”之际，捕捉、定格下来的，不仅是景物与衣食的特性，还有自己的情与思。其文较好地做到了“看山山有情，看水水有意”。这听上去似乎也寻常，实际上识得点儿写作三昧的作者，都会明白这种文章并不好做，说它是写作的至境都不为过。因为这种质朴的文章初看貌不惊人，细品则比那些无病呻吟、只会吟风弄月或雕饰辞藻以至空洞虚浮、让人读半天也不知所云的流行大作高明得多。高新东先生的不少篇什，没耐心的读者也许看了个开头就想当然地以为下面如何如何了；其实并不，你细品后，恰恰就能从他平易、自如甚至好像漫不经心的叙述中，发现藏在里面的金粒，只要稍加你思绪的过滤，就会放射出闪亮的光芒来。这也是高新东先生散文的最大特色；所谓“抱朴守真”，纯朴自然之中，寄寓着他深蕴的情感或诗性。有时还不无道家意境和对生活、艺术、人生哲理的独到发现。比如他笔下的“蚊子”，就一反常人只有憎厌的思维定势，发掘出了自己的新意。他的《又闻焦屑香》《月儿又圆时》《老屋门前梨花开》等许多文章，不仅情景交融、耐人寻味，还富有生活气息和人文韵致。

所以我觉得，高新东先生写作成就之根本点，就在于他的文章既不是哗众取宠，也不是为赋新词强说愁的矫情之作。他的作品都源自切身的生活体验和发现，发自深心里对生活、人生和文学的理解与热爱。这样的作品因此而具有了真实、自然、能令人共情的爱与“我”。而有没有爱，有没有情，有没有“我”，是文学作品有没有灵，有没有魂的必要前提。

而真正从理想、事业、爱好这个维度介入文学的作家们，不论其面临的文学生态如何，终究只会“冷眼向洋看世界”，不改初衷。正如爱因斯坦曾说过的：“现在大家都为了电冰箱、汽车、房子而奔波、追逐、竞争。这是我们时代的特征了。但是也有不少人，他们不追求这些物质的东西，他们只追求理想和真理，得到内心的自由和安宁，与更远大的人生目的联系起来……”

确乎，对于一个真正的作家或文学爱好者来说，这份“内心的自由和安宁”，是任何物质追求换不来的，它只能来自于他们钟情的文学。这是文学之树终究长青，并永远有一代又一代新人倾心于文学的根本动因。

高新东先生作品的题材也很丰富，视野相当开阔。读着令我想起杜尚所言：“几乎每一秒、每一次呼吸就是一个作品。”他的笔触常于不喧不哗的叙述中，将他“发现”的生活次第延展，如无言的小溪缓缓流进读者的心田。他还注重表现人物，且会将一些有特征的细节串连起来，往往寥寥数笔，便出形象。缝缀它们的则是他的情感和对人生的体悟。

加西亚·马尔克斯说过：“如果我不得不给年轻作家一点忠告，我会说，去写他身上遭遇过的东西吧。”

显然，高新东先生正是这样做的。如果不是狭义地理解的话，我以为加西亚·马尔克斯并不是在排斥作家必具的想象力和虚构能力，而是在强调要多采撷自己最熟悉的、有文学审美价值的、有切实体验的现实阅历。高新东的写作正是体现了他作为一名作家本该具有的文学自觉，即追求独到的呈现，嚼自己的“馍”。其笔触看似在写乡情、写世态、写众生，实乃是在写自己、写人文、写出人们应该追求的姿态、立场和情怀。

说到情怀，高新东先生笔下的情怀是丰沛而诚挚的。我们总说，写作要有感而发，而这个“感”是憋不出来的，更是糊弄不了人的。“从喷泉中出来的是水，从血管中出来的是血。”读者都是有情人，真耶假耶，一目了然。因而，对人生、社会及人文的深刻理解，对底层平民真诚、由衷的怜爱与同情，实乃文学之至要。

而要深刻理解人生、社会及文学，就不能不再强调一点，即高新东先生在作品中，反复触及的那个老生常谈却永远值得我们记取的真理：开卷有益。培根认为：“读书足以怡情，足以傅彩，足以长才。其怡情也，最见于独处幽居之时；其傅彩也，最见于高谈阔论之中；其长才也，最见于处世判事之际。”听说高新东先生从年少至今，每天都保持至少读书一小时的习惯。这从他的《晴耕雨读》《藏在书里的灵魂》《我没有那么重要》等文章中，及其笔下时常提及的老庄、陀思妥耶夫斯基、娜妲莉·高柏等中外文化名家带给他的启迪和认知，便可见得。

我要为高新东先生的这一好习惯点个赞。而事实也理应如是，即你要当好一位作家，未必需要多高的学历，却特别需要多读书，读好书；更需要博览“群书”，读杂书。“对于我们的眼睛，缺少的不是美，而是发现。”而对于“发现”，缺少的同样不是美，而是丰厚广博的知识陶冶而成的一双“慧眼”。倘若你不是一个好读之士，一个涉猎广泛的博览群书之人，“慧眼”云何哉！且非如此，你也必将难以驾驭笔下那错综复杂的生活和五光十色的人性。

行文至此，不禁记起王小波的憧憬（也是我的憧憬）：“文学之路是这样的，它在两条竹篱笆之中。篱笆上开满了紫色的牵牛花，在每个花蕊上，都落了一只蓝蜻蜓。”

相信我会看到，高新东先生放飞出更多更美的“蓝蜻蜓”。

2023年10月12日于南京

（姜琍敏：一级作家，中国作家协会会员，江苏散文学会会长。曾任《雨花》杂志主编、中国散文学会副会长。）

序三：

烟火气中的书香味

——高新东散文印象

朱寿桐

黄海之滨，通榆河畔，水经斗龙卯西交叉回流，地分龙堤金墩辉映呼应，只从这些地名便可推测，这是一个充盈文化记忆鼓励文化想象的地方；这便是大丰——我的家乡，这注定是一片文字活跃，写作流行，文风炽盛，写家云集的文化热土。

其中的出类拔萃者，经我作序的便有童话大家韦伟、儿童文学巧匠卢群、方言研究专家许涛、新旧诗歌吟者杨友明等，还有我非常熟悉的书写女子情怀的杨丽云，倡导人民文艺的骆圣宏等，他们俱已凭文学成名，以写作成家，有的曾名动一时，有的已赫然大家。

高新东是其中的一员，他常常以灵动的思维徜徉在各种报章之间，以灵活的笔锋活跃在各个文化群落之中，俨然成了惯用文字呼吸，用键盘说话，用文章交往的文学达人，近时更向文坛一举推出四本文集——《光阴也长大》《秋色如春》《站在岸上赏月》《飞过一片时间的海》,不仅显示出作者的勤勉的笔力，还体现出他对家乡生活体验的独特，他的灵气的运思，厚实的底气和丰郁的才情。

这些散文的题目每一个都储满诗意，将它们稍作调整，连成一起，就是一首灵动而优美的诗吟：

光阴也在长大

于是，秋色如春

飞过一片时间的海

然后，站在岸上赏月

这诗属于大丰，属于大丰的黄海和河岸，属于大丰的日月和春秋，也属于大丰侵蚀着海水濡漉的黄昏和夜晚。

你也许没来过大丰，甚至可能不知道地球上有这样特殊的一角；这里的人生活得普通平凡，甚至曾经有些穷迫，但他们的生活气息却充满着非凡的文化韵味。

水乡人家在夕阳西下的辰光，倚着船帮舀一瓢串场河水煮大麦糁子粥，这河水里就有当年范仲淹秕海围场的秕糠的香味，所烧的柴火则是来自范公堤岸枯萎的蓖麻秆。

这里曾散落着许多水洼困围着的草树田堰，其中有一些就被施耐庵指认为微缩了的水泊梁山，那里可以幻构出张士诚式的揭竿而起的众万旌旗。这是曾经悲凉的乡土，盐民出身的张士诚在这里慷慨举事，从海风中的苦咸叫喊出惨烈的血腥，塑造了一个大时代的风光。报仇雪耻之乡的豪壮,涌起豪壮的海水、河水，足以荡涤藏污纳垢的历史褶皱。

这里曾经犀兕麋鹿满之，其生动鲜活的画面胜过云梦之泽的悠远神奇，甚至冲淡了沧海桑田的壮丽图景。一些地方如沈灶刘庄的烟火气，紧相伴随的常常是草堰朵云，白驹过隙的书香味，那么富有哲理，那么能调动丰沛的想象。

在大丰，乡里的淡淡炊烟飘荡着城里常有的书声；城里作者的笔下，浮现着的是生活气息浓郁，文化诗性勃郁。

这个地方城乡结合，城野不分，烟火气与书香味交相辉映，一派文化的乐土，一片灵性的福地。这里有文化，有诗，有无限的意绪和无穷想象的空域，这是一个用文笔才能品出滋味，用文章才能体现况味，用书香才能勾勒景观边缘的土地。这些都是高新东散文中不断言说的景象，也是高新东散文的精神内质的展现。

高新东的散文有一篇题为《在书香和烟火气里邂逅诗意》。作为散文题目，略显拖沓板滞，但作为其散文精神内涵和文学风格的概括，却非常精警有力。后来，这篇小品文题目改为《邂逅诗意》，我觉得也蛮好，让人有更多的想象。高新东的散文正是如此，在充满烟火气的叙事中传达书香味的文化，在充满书香味的绘写中表述人生的哲理和哲思的诗意；书香味来自烟火气中的阅读与人生的况味，烟火气来自故园书香中陈年的回香与恒久的回味。

令人欣慰的是，高新东不再是一个固守故苑守望家园漫步庭院的传统型的写作者，他的写作资源固然充盈着故乡的烟火味，但同时他又是一个站在岸边望月的眺望者，他的人生感喟通向诗性的远方和远处的书香。几乎发生在社交平台任何一端的有影响事件都成了他聚焦的目标，漫步于生活流彼岸的任何一个特别的人物都会引发他的议论与遐想。带着诗意的徜徉，带着读书的迷醉，他操弄着谜一般的文字向旷野和天空滔滔不绝地倾诉，里面总是洋溢着对人生的热爱，对正能量的激赏，对美好的情思、美曼的联想、美妙的表达投诸真诚的欣赏。那里有做人的道理，有豁达的论辩，有面对真善美的人生和自然所淘洗出的风骨的潇洒、韵律的悠扬。这是他的散文，也是他的诗，是他常年笔耕不辍的理由，是他在任何话题上都可以推心置腹并愿意洋洋洒洒的精神依据和心灵篇章。

洋洋洒洒四大本散文，承载着一个公务人员面对人生方方面面的古道热肠，其思想资源和精神基础，都是连篇累牍的道德文章以及散逸而出的浓郁书香。

高新东的大部分散文都由生活的烟火气切入，然后引发出书香味的联想，有时激发出对于相关书卷的忆述和凝望。读书看来是高新东繁忙的写作之外最重要的进修与滋养，广泛的阅读和无边的遐想支撑着他忙迫的精神世界，主导着他写作内外的梦想和心灵的炫张。高新东的读书感慨也是他的写作感怀：“读书可当成一种乐趣，更可内化为一种生活方式。在书香文墨中，润泽生活的枯燥，充盈自己的头脑。纵然人生也会有风雨，我们依然可以在平凡的人间烟火中，活出潇洒坦荡，活出盎然诗意。”

于是，他的阅读是如此的广泛，好像是任何人们熟知的和陌生的书籍，都可能在他的笔下与你不期而遇，或者在你毫无准备的情形下与你擦身而过，过去以后，通过他的文字展述，你可能恍然憬然，有时甚至惊悚得有些目瞪口呆。我正是从他的散文中，邂逅了雪小禅、马从春、袁树雄、窦贤康、小川糸等，了解并领悟他们的言论、书文和功业，而正是在电脑页面输入这些名字的时候，我才知道对他们的陌生其实是一种缺失。

高新东的散文认真、真诚、诚实而实在，几乎像日记，有的时候像读书笔记，所读的书有书架上信手拈来的泛黄的纸张所承载的，有街头田边夹带着微风细雨缭绕薄雾不拘远近各种播放器所传输的，有烂熟于心的精神咀嚼在意识反刍层面的心灵唤起，有俯仰伸展的情绪体操在晨练晚步时有所体悟的内在欢喜。

高新东的散文，读起来像书信。写给读者，写给家人，写给乡亲，写给朋友，同时也写给生活，写给世界，写给他所观察、邂逅或者关注的每一个对象与每一片天地。他的书信很少连篇累牍的倾诉，很少繁复琐屑的描写，很少苦口婆心的劝慰，更绝无居高临下的教训以及不厌其烦的论证，他更愿意做朋友式的对话、亲人般的交心，有时候精警得像一行行思想摘记，有时候又像散文诗呈现出风尘仆仆的吉光片羽。

于是，这部散文集体量虽然堪称庞大，但每一篇都值得认真阅读和欣赏。

展读这四部散文集，能够强烈地感受到作者和各种背景读者进行深切对话的渴望。这种渴望的强烈和恳切深深感染了阅读中的我。我很愿意就文集中所写的故乡烟火与作者切磋，因为这其中包含着我们非常熟悉但同时也需要付出精力和智慧才能抵达的文化现象。

《又闻焦屑香》叙写的“焦屑”，令我们联想到家乡文化的精神，在这里许多事物包括食物的名称，都是口口相传的说法，并不习惯于付诸文字表达，这样，将一些耳熟能详的事物名称落在文字上，就会暴露出文字文化力不能逮的问题。我们的家乡文化的土层非常深厚，文字文化在它面前常常显得无能为力。高新东所说的“焦屑”，有些时候会写成“焦黍”，其实与家乡人口语中的发音都不十分吻合，因为那种食物在里下河地区的土语中类似于“交易”。不过长期的传述中些许的音变是免不了的，应该在一定音变的限度内理解这些事物的发音。包括一些称谓也是如此。我们家乡的亲人称谓非常特别，如将“爸爸”称为“Baibai”，诉诸文字须大费周章，有人写成“伯伯”，那当然是有问题的。类似的情况还包括出现在高新东不少散文中的“嗲嗲”一词，这是我们这边对“爷爷”的土称，亲切而清晰，但用文字是否就借用“嗲”字，也在可以探讨之列。当年样板戏《红灯记》中将爸爸称作“爹爹”，苏北淮剧移植样板戏时让剧中人将“爹爹”念成“嗲嗲”,这就等于将爸爸叫成了“嗲嗲”，显然有悖于我们的人伦习惯。从这个意义上说，高新东用借字法以“嗲嗲”称呼“爷爷”，看来是比较稳妥的办法。

精神内涵的稳妥是高新东散文的特征，但稳妥遮盖不住高新东散文洋溢的才情。

面对一片时间的海域，站在家乡的岸边望月，这样的意象真实而生动；带着海水的咸涩，走进按照地支卯酉编排的阡陌，踏着初冬的轻霜漫步，从这个地方历来就有的烟火气中，捕捉书香的味道；无论是散落在大街小巷的或者是散发于书市、书室、书架的，这样的努力值得尊重，而相对恒久的坚持更令人感动。

2023 年 11 月 22 日于澳门

（朱寿桐：澳门大学中国历史文化中心主任，南国人文研究中心主任，澳门文艺评论家协会主席。）

第一辑
心中的桃花源

心中的桃花源

暖暖的春风迎面吹，桃花朵朵开。没有桃花的春天是不完整的。又到了桃花盛开的季节。太太说："再不去赏花，又要等到下一年啦！"

周末下午，我和太太漫步在桃花园。我们仿佛穿越了时空，好似来到了陶渊明的"桃花源"，看到陶渊明坐在桃树下，饮着酒，欣赏着风景，作着一首首优美的诗歌。

桃花瓣姗姗落下，红透了整个园子。在桃园的一角，遇见一位老人家。鹤发童颜的奶奶拄着拐杖，脸上笑得像一朵开放的桃花，她笑眯眯地跟我说："你知道吗？这处桃园最好的观赏时候，是下午四点，桃树的树影落在地面，犹如水面的倒影。今天刚好天气不错，阳光会把桃树打得格外亮，和树影的对比分外明。桃花挨挨挤挤，一簇一簇地开满枝头，散发着淡淡清香。你看是不是你自己心中的桃花源？"

最高贵的心，有着最高贵的满足。我想，每个人心里都有一亩田，种桃种李种春风，春花开尽春又来；每个人的心中都有一个春天，每个人的心中都有一片花海，人生漫漫，心向美好，岁月慈悲，在岁月可期中，拥有一份人间值得。心里种出一片桃花源，花影不离身左右，鸟声只在耳东西，将往后的日子都过出春天的气息。心中有花园，何时何地都是人间四月天。

其实，桃花是瞬开瞬落的。在这个光怪陆离的人间，没有谁的一生，阳光朗月永相随；也没有谁的一生，欢声笑语永相伴。总有一些困难，一些痛苦，需要我们去经受，去承担。

有阳光就有树影。桃园中的老人家看得很透彻。生命的绽放，不需要太多盲目的追求，只需要清醒地看到它本来的形状。拥有一颗宁静的心，向内看，稳住心灵的堤岸。任他外界风起云涌，我自云淡风轻。

其实，生活就是一半诗意，一半烟火。总有些花香，芬芳了时光；总有些文字，温暖了岁月。若一季一季的花开，成为流年的永恒，心里便有了盛开的花朵。

陶渊明笔下的桃花源可谓是人间仙境，鸟语花香，远离市井的喧嚣，人与自然和谐地融为一体。繁花看遍，我渐渐地明白，真正的奢华，乃回归世界的本真。生命应该是从容的、诗意的。

记得张潮在《幽梦影》里说："艺花可以邀蝶，垒石可以邀云，栽松可以邀风，贮水可以邀萍，筑台可以邀月，种蕉可以邀雨，植柳可以邀蝉。"一个人不可能把一切都忘得一干二净，然而在他心中必定有一个属于自己的桃花源，短暂地离开喧嚣的城市，偶尔独自来到这个心灵上的人间仙境漫步。

守住初心，便是守住了桃花源。但与谁同坐，清风明月我？身旁的太太不就是嘛。

站在岸上赏月

我平时极少跟人谈文学，因为怕招人反感。偶尔有朋友跟我提起，我会很客气地说一句：我真不懂文学！

之所以不愿意聊这些，并不是我看书少，也不是因为我没有灵性，而是因为想跟我聊那些东西的人，其实大多并不懂文学。

贾先生说自己是文学爱好者，一生看过好多书。偶一起茶叙，一上来就跟我谈文学，尤其是强调自己某本书看了多少遍。我问他："《红楼梦》，你看过几遍？你本家贾政真的是'假正经'吗？"

"只是小时候读过！对贾政没有办法做评价！"他回答我。

"二内兄名政，字存周，现任工部员外郎，其为人谦恭厚道，大有祖父遗风，非膏粱轻薄仕宦之流。"我问贾先生这是谁在介绍贾政。

"真不知道呀！"他说。

"那您喝茶、喝茶……"我笑笑。

文学存在的价值究竟是什么？我赞同刘震云先生的说法。他说文学存在的价值是达到了其他学科和其他人类都没有达到的。文学能把时间留住，一百年后文学中的人物还没死，比如像清朝人贾宝玉、林黛玉，永远是十五六岁，像我们的朋友随叫随到。

我读书是因为我精神上的贫瘠。每天睡前一个小时，我找不到其他的事情可以消磨时光。读书不仅有趣，而且没有任何硬性门槛，是我这种“菜鸟”最喜欢的兴趣爱好。

同时，我一直有个困惑。遇到文学大咖，我该不该去主动找人家谈论文学？去年，南京大学李惠文教授邀请了一位文学大家来到大丰，在卯酉书局一起聊文学创作，我没有提上一两个问题，很是后悔。一是，囿于自身能力，本人并不具备什么文学才能，也拿不出满意的作品；二是，虽然读过不少文学书籍，但是对文学理论、文学评论，所知也不是很多，没有坚实的文学基础支撑。真的谈论起来，由于底子薄，不知道谈什么。

再看看自己以前写的东西，觉得现在反而写不出来了。这种感慨里面是否蕴含一种好像值得骄傲的东西？是我不文艺了吗？

有人说，文学与生活的关系如镜水明月。你要是一直仰望，会觉得月亮与我们遥不相及；要是站在岸上观赏，会觉得夜月离我们很近，比起抬头仰望来多了几分趣味。

文学与我们生活的距离就是这般远近渐变，隐约存在。曾经有这样一个说法，在某相亲类的电视节目上说自己热爱文学，就会遭遇全场灭灯的下场。这种现象便又把“文学无用论”推向了风口浪尖。因为文学与现实生活没有多少关系。如果升学要对一个对子，如果吃饭要吟一句诗，如果找对象要唱一阕词，那谁都会喜欢与现实有关的文学了。

网友“退休也说交通”讲了一个他诗人朋友的故事。一位诗人创作多年，终于自费出版一部诗集，他兴奋异常，拿出去四处送人。一天，他来到一位过去打交道不多的朋友处，郑重地呈上自己的大作，对方接过后淡淡一笑，瞄了一眼，便放到一边。诗人讪讪出来，感觉自己受到了莫大不尊，一路愤懑不已，找一位文友诉说此事，大骂那朋友不学无术。

其实，文友自己视为生命的东西，在他人眼里可能一文不值。每个人都有自己的喜好，不要试图把自己的喜好强加到别人身上，否则不但会自生烦恼，还可能自取其辱。

有人说文学即将消亡，光看电视就行了，对此，中国当代作家王蒙说他没那么悲观。任何事情，人都是找最简单、最直接的东西先接受，慢慢有了更高要求的时候，再去进行深度解读。你不可能永远只满足于手机，眼睛可以看，耳朵可以听，但是只有心灵才能思考。经过一个过程，人们总会回归到书本上来，回归到文字中来。你看影视版《红楼梦》，不管它是 80 年代版，还是后来的新版本，都不能代替你的阅读，只有你阅读了原著才能真正知道《红楼梦》是怎么回事。

文学看上去似乎没有什么用，但是，这与“大勇若怯，大智若愚”同理。古人云：“不为无益之事，何以悦有涯之生。”在已经为名利等“有用”之事所占据的一世春秋中，我始终相信，生活如滑雪，不懂得刹车，就不懂得加速。

自媒体文学平台“人民作家”总编骆圣宏先生说得好：“文学是为人民大众服务的，要上接天线、下接地气！”文学即人学，文学是人类精神的反映，它的价值无处不在。

很多人或许没有意识到，文学的另一个名字是“记忆与风景”。人生就像是一本永远阅读不完的书，每一次觉得懂了，又会出现一个新的东西。文学是一种情怀，文学的价值较少体现在实用功利的层面，而是一种精神性价值，后者常常为世人所忽略。我明白这些道理后，心中豁然开朗。

我以为，温暖才是文学的功能。温暖不是心灵鸡汤，不是请客吃饭。温暖是人类的需要，而文学或许能够在某种程度上满足人类对温暖的渴望。

把酒话桑麻

“你曾在波涛汹涌的岁月里半生戎马，也曾在温情脉脉的时光里花前月下；你有着君临天下的豪迈，也有着四海为家的豁达；春风几度拂过你的青丝，桃花十里飘落你的霜华……”这是在“某音”时空，女主持人朗诵的一段话。

我不认识这个主持人，不知道这段话是她自己写的，还是她诵读的他人作品。但这并不重要，重要的是她婉转悠扬的诵读，简洁大方，句句到位，更重要的是其文字优美，行云流水，落笔如云烟，华彩成乐章，激励众生。

人生多风雨，愿君不湿衣。时光如水，岁月如歌，生命的悲欢离合和酸甜苦辣，每个人都在或多或少地品尝着。一段经典文字，让我们遍阅人情，始识疏狂之足贵；尽尝世味，方知淡泊之为真，这是非常难得的事。

风雨烟云，你早已参透人生真假；但你仍然风华正茂，依然可以纵马当歌。“开轩面场圃，把酒话桑麻。待到重阳日，还来就菊花。”唐代诗人孟浩然与朋友在淳朴自然的田园风光之中，主客举杯饮酒，闲谈家常，畅想世界，充满了乐趣，这场景与欣赏该主持人的录播视频，有异曲同工之妙。

半生戎马半月下，春风几度拂桃花。正如某网友赞誉：“曾仰大鹏举万里，常念雨燕复还家。鬓青霜，醉不乏，尚有豪情在，老骥可伏枥，仗剑高歌纵宝马。”岁月的风霜会爬上鬓角，但岁月的沉淀让我们有着更加丰富的人生色彩。生活的历练，让我们有着更加沉稳的人生态度。

功成身退，不求荣华富贵。“汉初三杰”，萧何、韩信、张良，每个人都彪炳史册，留给后世数不尽的智慧。剑未佩妥，出门已是江湖；千帆过尽，归来仍是少年。相较于那两位，张良更受到人们的喜爱，特别是他那份洞穿一切真相后，依然恬静的心态，别样的人生境界、心胸和情怀。功也成，身也退，更得以善终，有多少人能像张良一样？

你有往事可回首，亦有前程可奔赴。见过众生天地，可是不改少年初心，品过人间百味，依旧青春潇洒。生活如诗，岁月风华，脚步天涯，又有谁曾停在当下。

人的一生到底怎么度过才算有意义呢？这是一直藏在我内心的疑惑。我询问友人。他沉思了一下回答道：“我也并不知道怎样的人生才算得上有意义，不过，如果人生可以重来的话，我希望按自己喜欢的方式再活一次。”

不忘初心，不负今生，按自己喜欢的方式再活一次，多好！那往日的美好，会加上蜜，更甜。那往昔的酸苦，或许会发酵成为甘汁，更浓！

年来日日春光好，今日春光好更新。见过众生天地，我们不改少年初心；品过人间百味，我们依旧青春潇洒。时光清浅，许你安然，愿我无恙。流年不负，你我一路向前，未来一定可期。

如此读来，这一碗心灵鸡汤，暖胃且养心。

相逢莫辞醉

同声自相应，同心自相知。

别看同在一座城市，有时候友人见上一次面，也并不容易。我认为，友人可以不常见面，但是要挂在心上。

友人是生命中的一道光，可以为你解惑，为你指引方向。友人说，读万卷书，不如行万里路；行万里路，不如阅人无数。而我认为，阅人无数不如与无数人行万里路，而你的亲人并不能是这“无数人”的全部，剩下的就是你的友人。

一个人的掌声是孤独的，一个人的旅途是艰难的。但当前行的旅途中身边又多了一个人时，一切都会变得充实、容易……那个人叫作友人。诚如科尔顿曾说过的：“真正的友人，应该在你得意的时候，只有邀请才来，在你失意的时候，会不请自来。”

如果与友人同行，我们可以停下来小叙，“把酒话桑麻”，也可以“相逢且莫推辞醉，听唱阳关第四声”。无论是在崎岖的道路上，还是在浩瀚的大海中，抑或是平淡的生活中，友人，我们必不可少。

今天说到友人，我又想起了一个关于友人的故事。此故事一直铭刻在我心里。

阿拉伯传说中有两个友人在沙漠中旅行，在旅途中的某点，他们吵架了，一个还给了另一个一记耳光。被打的觉得羞辱，一言不语在沙漠上写上“今天我的友人打了我一巴掌”。他们继续往前走，直到走到了沃野，他们决定停下。被打的那位，因在水边玩而差点淹死，幸好被友人救起来了。被救起后，他拿了一把小剑在石头上刻了“今天我的好友救了我一命”。

一旁好奇的友人问说：“为什么我打了你以后你要写在沙子上，而现在要刻在石头上呢？”另一个笑笑回答说：“当被友人伤害时写在易忘的地方，风会负责抹去它；相反的，如果被帮助，我们要把它刻在心灵深处，那里任何风都不能抹灭它。”

这个故事太有人情味了。人的一生中“熟人”那是数不胜数，“友人”却是十个中没有一个，如若在那一百个中做选择，或许才能找到那对的一个友人。茫茫人海中，当你困惑、当你迷茫、当你歇斯底里时，有一束光照亮了你，有一双手慢慢地将你拉出困境，那便是友人。

友人如茶，没有酒的浓和烈，没有咖啡的苦和瘾；友人如茶，淡而幽远，只是在你需要的时候，飘起那一抹淡绿，静静地把你陪伴，给你解渴；友人如茶，当你疲惫的时候，送来温暖和微笑，无论有寒风还是困扰；友人如茶，润喉余香，一句简短的“好久不见”，一次浅浅的挥手，历久弥新，千回百转。友人就是友人。我可以和友人窗下小酌，谈天说地，也可以什么都不做，在一个阳光适合的下午，在咖啡厅的一角，静看时光从手指缝中流逝，追忆似水年华。

友人在，世间一切如此美好，我愿在友谊中慢慢变老。

双向奔赴

这个金秋，见证了城市与青年的“双向奔赴”……

肩上有担，心中有责，双向奔赴的爱，让一切变得更有意义……

鱼儿和水，是这世间最暖的“双向奔赴”。我真的太爱“双向”这个词，明白地昭示着我所有的热情都没有浪费，所有的努力也都是有意义的。我会努力跨越山海，为之奋斗。

爱出者爱返，福往者福来。“双向奔赴”是网络流行语，形容两个人相互努力靠近，为了一件事情发展一起努力。这是一分通过自己的努力而获得的感觉，更是别人给予自己的一分尊重。

疫情期间，某地有这样一种场景，或许你不曾感受到，也有可能你曾经历了。天已黑，有人敲门，开门后却发现人不在，门口多了订购的蔬菜等物资，你可能都来不及说一声谢谢，人已离开。这是无数在家群众收到蔬菜包的一幕，更是无数奋战在社区一线工作者的工作日常，而他们的身影无处不在。

我知道，所有能够长久的人情往来，都是双方共同努力、用心呵护的结果。杨绛先生也曾经说过：“世界上所有的关系都是相互的。”不管是亲情、友情、爱情，还是其他情感，总是单方面的付出会让人感到疲惫，只有双向奔赴才能轻松维持一段情感的长久。

人与人之间相处的方式有成千上万种，其实说来无非就是互相付出，双向奔赴。往后余生，无论遇到多少人，发生什么事，希望我们都能做到惜我者，我惜之，不负遇见，不负此生。这世间，万事万物的来去，有它自己的时间，拥有时珍惜，失去时淡然。

细节是双向的，爱是相互的，互相迁就始得长远，双向奔赴才最有意义。我赠你十月秋光，你予我一季桂花，我来你往，互相珍视，彼此成就。世间真情能长存莫不如此。人与人之间最舒服的关系就是互相付出，双向奔赴。

凡尘离去

“任何身体或心理上的不舒服，只要洗一个澡就能解决，如果不行，就洗两个澡。那种全身心被热水浇灌的飘然感，真的可以让人忘掉所有烦恼和忧愁。”

一次，同事臧龙生先生说起他父亲的一大爱好，就是每天洗一把澡。最喜欢的享受，在其父亲的生活字典里只有洗澡。

洗澡是一种乐趣，相当于抚摸产生的感觉，是一件幸福的事。

对于自己身体的抚摸，很多人都会产生快感，而在洗澡的时候，不单是身体抚摸产生快感，还有沐浴露搽在身上，在搓揉之时，配着细腻香味，加上自己身心放松的遐想，自然处于愉悦当中。

洗澡是一种别致的休闲。在我看来，洗澡分四层境界：第一层境界只是洗得干净，这是最基本的要求；第二层境界是洗得聪明，不同环境选择不同洗澡的方式；第三层境界是洗得彻底，必要的身体“磨砂”必不可少；第四层境界当然是洗得滋润，洗澡后及时涂上乳液，让身体皮肤像自己的脸一样光滑水嫩。此刻，瞬间感觉恢复了自我，像明媚的春天悠然而至，精气神十足。臧先生的父亲说得好：“洗好澡就洗掉一天的烦恼，犹如洗尽铅华呈素姿，依旧清净如莲花。”美好的一天从洗澡开始，也可以从洗澡结束。

很认同另外一个网友对洗澡抒情化的描述，他说：“洗澡除了能使机体得到水的冲刷、按摩，促进血液循环外，还有更多也许你意想不到的作用。首先，当你走进浴室时，面对洁白的墙壁、浴具，且只有自己处于一处没有任何干扰的空间时，你会有一种安全感。其次，当洁净的清水从头到脚、浇过你的身体时，除了洁身去污外，还让人感到心灵的净化、凡尘的离去。”

洗澡，从来就不是一件小事。忙碌一天后，最好不过的就是抽出时间来美美地洗个澡，放松一下心情，调节调节身体，这是对自己健康的一个最美好的回馈。洗澡，洗的不是澡，而是感受。悠悠岁月，洗澡已经超越了人生最初清洁的定义，成为一种放松。

“水垢何曾相爱，细看两俱无有。”当无尽的欲壑蒙住洁净的灵魂，赶紧给灵魂去洗个澡吧，去掉心灵的尘垢，让心变得纯净通透。我认为，这个比单纯的洗澡更重要。

爱在浮尘

与朋友徐远峰先生聊起夏冬之趣，真是萝卜青菜，各有所爱。

相比较夏天而言，徐先生更是喜欢冬天。

他说，他喜欢冬天的平静和安逸，更是可以享受冬日暖阳，和煦地照在身上，浑身说不出的舒坦。

我说，我也有这种感觉。坐在窗前，冬日的阳光洒下来，被窗棂割裂成一块一块，可以看得到浮尘在光影中起舞。阳光洒在身上，像是母亲用手轻轻抚摸着我，温暖充满全身。

我以为，冬天的夜晚是安静的，心也出奇地安静。夜晚好时光，它适合思考，适合与文字做些交流，抑或什么事都不做，只管发呆。

每每这个时候，关上门窗，拉上窗帘，读喜欢的书，看喜欢的电视，自在而逍遥。

冬天，没有春日里的草长莺飞，没有夏天的生机盎然，没有秋天的丰硕果实，却有白雪皑皑时的清冷无尘，有傲雪枝头的醉人清香。冬天，即使是天寒地冻，大雪纷飞，亦可以穿衣戴帽，踏雪寻梅，看山舞银蛇、原驰蜡象。

只不过，我们这个城市，已经好久好久没来一场说下就下的大雪了。

相反，说起夏天，各人感受不同。它是一年四季中最炎热的季节，不知你喜不喜欢这个时好时坏、酷热难忍的夏天？

徐先生不太喜欢夏天的原因，也很简单朴实。夏天，往往暑热难消，蚊虫叮咬，极易令人心情烦躁。虽然现在有了空调，可那又人为地把人与大自然隔绝开了。

其实，夏天是一个与春一样多变、秋一样迷人、冬一样纯洁的季节。我更喜欢小时候的夏天。

那时候，人怕往冬天过，因为缺衣少食，了无乐趣，寒冬腊月的日子最难过最难熬，难得春节，才有几天乐呵的日子过。

而夏天，则是孩子们的乐园，脱得光条条地下河洗澡，摸螺摸蚌。遇到大雨天，还可以到小河边和田间地头打坝，摸鱼摸虾。夏天，更是瓜果成熟的季节，可以大饱口福。

不管成人的世界和孩童的世界有何不同，不管你是否喜欢和留恋，大自然就是这样，四季交替，寒暑往易，因为春种夏长、秋收冬藏，才有万物生长，才有历史绵长，我们也会随着自然从幼稚变得成熟，从肤浅变得深邃。

无眠春风吹笑脸，秋夜忆容颜。徐先生独醉在天涯，却爱在冬夏浮尘。

一宵犹几许

“一宵犹几许，两岁欲平分。”站在时光的交汇处，身后是昨天，身上是今天，身前是明天。

我很欣赏这样一段话，意思是，人不要着急，不要老觉得为什么我改变了，还是没有看到效果。

一努力就要看到效果，这是小孩子才做的事情。作为一个成年人，耐心是非常重要的，你需要把眼下能够学到的东西慢慢学好，然后等待它们之间发生相互的作用，突然爆发的那一刻，你自己都会吃惊，怎么自己突然变得那么厉害。

花开花又落，生命周而复始，而人这一辈子，却只能活一次。

总有些事，让我们无可奈何，在泪水中品尝苦涩；总有些人，让我们频频想起，在回忆中感受温暖。人生需要积累，只有常回头看看，才能在品味得失和甘苦中升华。向前看是梦想、是目标；向后看是结果、是修正。

人生如花，在花开的时候要懂得去欣赏它、照顾它、陪护它，不要去采摘它，这样才是珍惜花开的时候。时光是不会停歇的，它总是在自己的空间里行走着，在我们拥有它的时候，应该要学会去珍惜，不要再犹豫，仔细看清那些一直为我们所忽视和遗忘的东西，珍惜它们，我们会在今天感到满足，而且不会在明天感到后悔。

生活中有太多的理由，让我们妥协，也有太多的理由让我们努力，我们总想做最好的自己。那么，我们只管努力，其他的交给时间。

有人说，心态，会支撑你发展的眼界，会决定你选择的方向；格局，会左右着你有多大的成就；毅力，会支持你能走多远。有人说，人生，就是一本书，封面是父母给的，内容是自己写的，厚度可能不完全由本人决定，但精彩程度却是自己创造的。

其实，心在哪里，收获就在哪里。人这一生时间有限，但是努力无限，努力做一个善良的人，做一个心态阳光的人，做一个积极向上、洒脱的人，用正能量激发自己，感染身边的人，每个人都是阳光，我们的世界才会更加精彩。没有得到想要的结果，是因为种的因还不够，还不成熟，时机到了一切自然会来。

适时调整好自己的心态，做一个懂得感恩时间的人，在人生的不同境遇中，做着该做的事情便好。感恩就是架设一座无形的桥梁，把所有的角落，都变成通途。

心中晴色

“莫怪虹无影，如今小雪时。”刚刚告别飒爽的金秋，转眼，已是小雪时节，走进一个等待银装素裹的冬天。

早上起来，我确实感到寒意侵袭，一条单薄的裤子已挡不住凉风蹿进骨缝。窗外，那些落叶树木，叶子早就黄了，露出了干枯的深褐色的枝干瑟瑟地立在风中。而那些常绿树虽然枝繁叶茂，却少了几分往日的生机。

此时，雪未下，天遇寒，霰为霏，微风徐徐细雨扬。在这寒意渐浓的初冬时分，迈开脚步，轻松上路，让我想到内心的暖阳，想到灵魂可以互相取暖，同时也在细细品味人与人之间情谊的暖心珍贵。

当一季新雨飘落时，曾经窗内一起看雨的人今日又在何方？曾经一起雨中劳作的母亲在那个世界过得可好？思念裁剪了我的情感，贴上天地的邮票，寄往远方。漂泊在岁月中，一半是回忆，一半是继续。回忆的是过去，继续的是生活。

黄花犹带露，红叶已随风。我知道，纵然看尽风华，仍得过好当下，可否抓住那易逝的岁月，利用好一寸又一寸疾飞的光阴，种一棵又一棵新绿，慢等来年一树又一树的繁花。在忙碌奔波的日子里，忽然抬头看窗外的雨，裹挟着寒气袭来，聆听滴滴答答的潇潇冬雨声，思绪万千。

初心若雨，晶莹剔透，清澈似镜满人间。冬雨昭示人们要努力保持着一颗不蒙尘的心。踏出门外，走进雨中，小雨飘洒在身上，雨在问我，我在问自己。雨如人生，我能做到像这冬雨不喧哗、不媚俗，且又能不荒芜、不张扬吗?

其实，走过风吹雨打，历经沧桑变化，方知平淡才是真。人生一切的美好源于对生活最为忠实的热爱，当我的内心是火热的时候，在岁月的风雨中也能够品享到欢乐的生命色彩。

我悄悄地告诉雨，纵然全世界约好一起下雨，我也会与我的同道人约好一起在心里放晴。

生命的热情从未停歇过，满满的希望依然在我的心中绽放。

输赢不重要

这次世界杯比赛，乌拉圭队对阵韩国队，比分 0∶0，没有赢，也没有输。上半场韩国高位拦截，乌拉圭务实迎战；下半场，对抗增多，双方提升强度，但均无得分进账。

乌拉圭是一个“有着世界上最伟大的足球文化的小国”。身处全球化时代，被夹在两大拉美文明中生存，乌拉圭很多时候只能在足球这项带有部落属性的运动中，找寻自己民族的存在感。

乌拉圭人口约 340 多万，历史上却球星辈出。萨尔托位于乌拉圭中部，常住人口大约 10 万。就是这样一座人口堪比中国某大型小区的小城，诞生出的世界级前锋数量却比几个大洲还多。

在乌拉圭，甚至连作家都痴迷足球。这个国家，就是如此地特别。爱德华多·加莱亚诺在他的《阳光与阴影》一书中写道：“我想说的也不是什么新鲜事，因为众所周知，乌拉圭的婴儿从出生伊始就开始大喊进球。我也不例外，我自刚出生起，也为进球喝彩高呼。和所有人一样，我的梦想也曾是成为一名足球运动员。”

足球是乌拉圭的文化象征，乌拉圭对足球运动的热情超过了世界上大多数国家。足球带给乌拉圭的回报和声望是其他产业无可比拟的。

足球是一项以球员为核心的体育运动。如果球员的内在精神得不到提高，那再优厚的外部条件也无济于事。乌拉圭球员往往在比赛中展现出愿意为国家队战袍而死的坚韧意志。

世界杯不光是一场宏大的足球盛会，更是和奥运会等世界顶级赛事一样，传达着一种“奋斗不息、拼搏不止”的精神，它包含着团队合作精神以及体育竞技精神。世界杯比赛，不仅带给人们视觉上的盛宴，也让世界因此更加紧密联系起来，“开放包容，合作共享”在无形中得到了实现。

乌拉圭与韩国没有决出输赢不重要，重要的是足球连接了世界。

热爱足球，热爱的是一种氛围，热爱的是一种精神。足球不只是一项运动，也是一种信仰，所以足球才能让千万人痴迷、疯狂。

长出好心情的土地

好的心态，是生命的资本；愉快的心情，是生活的调味。

清晨醒来，阳光，雨露，健康的身体，轻快的音乐，都可以是你快乐的源泉。知足常乐，不是说说而已，而是每时每刻，都能做到内心的满足。

有人说："人生在世，拥有好心情，是人生最幸福的事。因为人活一世，不可再世，每一时每一秒都是在向终点靠近，不可预测。"我甚是认同。

人如草木，同样会经历四季更迭的风霜雨雪，经历年年岁岁的冷暖交替。每一天都是生活，每一年都是人生。心情，虽然不是人生的全部，但是却能左右人生的全部。人活一世，最重要的是心态。

毕淑敏说："好心情并不来源于一帆风顺，而是生长于一种从容和坚定的勇气中啊。我们每个人都有长出好心情的土地，就看你是否耕耘。"人生天地间，路路九曲弯。日子不可能一直一帆风顺，总有遇风浪的时候；生活不可能总是事事如意，总有不圆满的时候；人生就是需要起起伏伏，栉风沐雨到终点。

我想，我们不必太纠结于当下，也不必过度忧虑未来，当你经历过一些事情的时候，你会发现眼前的风景已经和从前都不一样了。

生命从无到有，物质从有到无，包括荣辱、名利、心情，最终全都会烟消云散。要懂得生活，善待自己，保持一颗平常心，珍惜亲情善待友人，用爱心回报社会，淡泊名利，尽有限之力，做能做之事，开开心心过好每一天。比如一个悄悄开着花的小院子，一杯热气流溢的香茶，或者是一个雾气弥漫的清晨，一个流光萦绕的午后，然后安然地活着，便是最好的幸福。即使，人到暮年，回首自己的一生，尽力了，了无遗憾，也就无愧今生来人间一趟。

世间万物，皆自安然；世事无常，来日方长。人这一生平安是福，过日子要的是一个好心情。

人间烟火

心之无限，并不等于放纵行为无章；愿力无限，并不等于任由烦恼泛滥。人的烦恼其实就十二个字：放不下，想不开，看不透，忘不了。人生长途漫漫，不可能每一步都走得完美，摔跤、走弯路、品尝挫败、增添阅历，人生才多姿多彩。有的路，是脚在走；有的路，是心在走。绊脚的，往往不是石头，而是心。深一脚，浅一脚，欢喜在路上，悲伤在路上。但只要心无绝路，生活也终不会有绝路。

辩证地看待事物，调整好自己的心态，乐观地生活最重要。

有一位事业有成的企业家，富甲一方，但就是天天闷闷不乐。

一天，他到某乡贤馆中请教老馆长："馆长，在外人看来我很成功，但为何我还是不高兴呢？"

"那肯定有烦心事吧！"馆长笑着说。

"是啊，我的生意虽然好，但是烦心事依然不少，比如产品价格突然下跌，比如疫情期间货卖不出去，每天都有这样那样的烦心事。"企业家抱怨着。

馆长什么也没说，带着企业家走到后院库房外，点燃了一堆火，对企业家说："你看看，你的生意就像这堆火。"企业家有些茫然。

此刻，火势正旺，馆长对企业家说：“你看，这堆火现在很旺，代表着你的高兴，可这堆火到底有没有烟呢？”

企业家一笑，对馆长说：“肯定有烟了，只是烟很细微，看不见而已。”

馆长若有所思，对企业家说：“高兴是火，烦心是烟。在火势最旺、你最高兴的时候，依然有烟，依然有烦心事。”

企业家一愣。馆长从旁边拿来一把湿柴，放在火堆里，此时，浓烟四起。

馆长对企业家说：“你再看看，你看见烟了吗？”

企业家又一笑，对馆长说：“您说笑了，现在浓烟四起，看得很清楚啊。”

“那是否看见火了呢？”馆长立即问。

企业家马上回答说：“当然有火了，只是火势不旺而已。”

馆长笑了，对企业家说：“高兴是火，烦心是烟。生活总是一边点着火，一边冒着烟，高兴的时候有烦心，烦心的时候有高兴。”

企业家顿然开悟……

常言所谓“人生不如意事十之八九”，其实只是看问题的角度偏差而已，不如意、有问题，说明还有改进提升的空间，这也正是知难而进的动力所在，有助于让人保持清醒警醒，想方设法克服矛盾困难，直至收获成功！

困难并不可怕，可怕的是失去战胜困难的勇气。人生在世，不必为生活中的琐事而烦心忧虑，应该胸怀格局广大，以积极乐观的心态面对生活。

临别前，馆长对企业家说：“人要理解完美中的缺憾，平静淡定地面对所有的烦恼和阻碍，了解人生与事业的进程中往往都伴随着各种或大或小的问题，积极地去应对和化解，其实就是一种最深沉的智慧。好好做你的企业吧！”

时有月到风来

每个人都不是一座孤岛，人与人之间是相互关联的。与葛汉杰茶叙时，他跟我讲了一个观点，说人世间有一种智慧和修养，叫遇事不指责，朋友之间更是如此。

对于朋友犯的小错，不指责，才能维持友情的长流。不指责，不仅是一种优雅的姿态，更是一种高洁的品格。葛先生讲起了宋代韩宗儒的故事，很有意思。

话说苏东坡有个朋友名叫韩宗儒，两人交情颇深。韩宗儒酷爱吃羊肉，可总是囊中羞涩。他偶然得知，名将姚麟许酷爱苏东坡的书法，于是拿着苏东坡的回信到姚麟许那里换肉吃，一封信正常会换回十斤羊肉。苏东坡知道这件事后，只是哈哈大笑，并未责备他。

真正的友情，没有老酒的浓烈，有的只是细水长流。一天，苏东坡公务繁忙，正在会客，韩宗儒接连给他送来好几封信。并且专门派人来等候回函，“立庭下督索甚急”，让他快点写回信。苏东坡幽默地告诉来人：“回去告诉韩宗儒先生，本官今日断屠！”

正如人们常说的：“幸福不是收获得多，而是计较得少。”韩宗儒贪小便宜，拿私人书信去换钱，确实不厚道。但是苏东坡却没有生气，反而一笑置之。在被冒犯之后，依然有一分幽默，没让韩宗儒失了面子。

生活中，每个人都有不为人知的艰辛和难处。多一分宽容，对方就能感受多一分温暖。其实，韩宗儒有自己的难处，由于收入微薄，买不起那么多肉，为了解馋，他才想到这个主意。

“心似已灰之木，身如不系之舟。问汝平生功业，黄州惠州儋州。”但在苏东坡心里，从未对任何人有过怨怼，无论何种境遇，于他都是一种经历。一切道德品质中，善良的本性是世界上最需要的。因为在苏东坡看来，善良不是傻，而是自己的一种选择。

《菜根谭》说：“拨开世上尘氛，胸中自无火炎冰兢；消却心中鄙吝，眼前时有月到风来。”一个人不再计较，不再强求，方能坦然面对人生。

清风明月，不请自来。

天边似眼前

每一个人都有幻想，有的幻想像花丛里的鲜花一样瑰丽无比；有的幻想像原始森林一样充满了神奇；还有的幻想像儿童乐园那样充满了欢乐。

人活着没有幻想是可怕的。的确，没有幻想，哪来生活的劲头？小时候，我是一个爱幻想的淘气包，我的幻想总是很多很多。我爱看书，就想着将来要到图书馆工作，幻想着在赤日炎炎的夏天，在空调的世界里，一杯茶，一本书，一段音乐，那真是神仙般的生活。

我喜欢坐飞机，喜欢那神气的空军服，幻想自己驾驶着飞机翱翔在蓝天白云，威武健美，令人敬羡。

我是一个动画迷，总是羡慕动画人物的超能力，幻想有一天自己能有一种特殊的力量，想要什么，就能得到！能和动物、玩具交谈，能到宇宙找到另一个有生命的星球，和外星人做朋友！

学生时代因为喜欢听地理老师讲课，我又想当一名地质学家。我不仅能模仿老师用地道的“海门”话说天道地，还进行了一次勇敢的实践，在春游“斗龙港闸”时，爬到“海边”取了一瓶黄海之水。可老师说那是“淡水”，还没到真正的海呢！

每当夜阑人静时，我便倚着枕头，脑海中出现了许多幻想。此时此刻，我是个冒险家，正独自一人在充满危险的森林里穿行，和意想不到的困难搏斗；我是个宇航员，正驾驶着太空穿梭机，和友好的外星高智慧生命对话；我是个将军，正带领着人们和邪恶的敌人战斗；我是个国家领导人，正在和许多官员讨论国家大事……我的幻想充满了戏剧性。这些荒唐得前不着村后不着店的幻想，让我的童年充满了欢乐。在我的幻想中，只有欢乐，没有痛苦，只享用果实，无需耕耘。

其实，当我真正去追求幻想，力求把它变为现实的时候，我才尝到了痛苦——肉体的痛苦加精神的痛苦。自身的懦弱使我心中的眼泪淌成河，自身的倔强又使我咬牙跨过一个又一个坎坷。当然，前辈的爱护、朋友的陪伴给予了我勇气和力量。付出了痛苦，才得来了远比幻想中的欢乐胜过千倍万倍的欢乐，经过耕耘，才尝到了幻想中无法尝到的甘果。

“星光虽然神秘却远在天边，烛光虽然微弱却近在眼前。”做人做学问都要面对现实，做能够实现的事情，但是无论面对什么样的现实，心中都要充满幻想，哪怕暂时不能实现。只要心中拥有幻想，即使是枯燥的研究、艰苦的生活都将永远充满诗意。人不能没有幻想，有了幻想就有了追求，生命也才有了希望。然而，人不能只有幻想，只有把幻想化为现实中的追求，生命才有活力。

人总是生活在现实与虚幻中，努力把虚幻变为现实。曾几何时，我的幻想像肥皂泡似的破灭了，我顺从地到地毯厂做了一名普通的工人。但我不甘心就此一生与地毯打交道。当我气馁时,有个声音在我脑中呼唤:没有失败,只有放弃。当我自卑时,又有个声音在我脑边呼唤:不要抬高别人却贬低自己。当我备受压力时,还有个声音在我脑耳呼唤:竭尽所能,如其所愿,做回自己。

在工厂做工的我,仍然在幻想。

幻想是我的生命,是我还在活着的证明,不同于别人的,我对自己的幻想出奇地执着,就算是在机声隆隆的车间也会匀出片刻安静给我的幻想。它布满在空气中,随风四处飘逸。我是在上面跳跃着的,从一个到另一个,乐此不疲的精灵。

现实中我常常很容易受伤,虽然很痛,但是总可以炫耀。好比童年的我向同伴们展示我的伤口以示勇敢一样,但不同的是现在只可以对自己炫耀。所以我喜欢沧桑的久经风霜的感觉,这也许是我自己定义的成熟。虽然我不知道灵魂是什么,但也许这就是我的灵魂,它是一种状态而不是其他任何抽象的东西。

后来,我还是不满足工人生活,发奋学习,终于考上了一所四年制的财经学校,从一个镇的农业四税专管员到后来财政局人秘股长。

曾几何时,我那幻想的翅膀羽毛脱落了,也许是疲倦了,也许是碰壁太多了,也许是奖杯、证书、掌声、鲜花淹没了我,我变得“实际”了,不愿再幻想、追求,连别人替我幻想,我也只是淡然一笑。

这是我从财政局到组织部门工作多年后的又一种感觉。

多年的磨砺，让我明白，任何企盼和幻想的实现都需要付出艰苦的努力和劳动。只有付出艰苦的努力才能实现人生的幻想。农田里不可能自动长出金谷，天上不会掉下馅饼。不过这个千古真理也不是人人明白的，总是有人想平步青云，投机取巧。

回眸往事，皆如过眼烟云，随风消逝，每欲忘却的种种事物都滞留在了那充满幻想的岁月！我已走过，我也曾经拥有，在幻想的世界里，我经历了太多太多！那感人肺腑的话语，那感时伤怀的乐章，还有那些泪流的瞬间，永远记在我的心里。

时代冲击着我，未知欲推动着我，新的知识充实着我，我意识到自己在积累，我已感到了新的追求，新的冲动！在真正明白一些道理后，我幻想的翅膀又长出了新的羽毛，而且愈来愈丰满。

在这春风拂面的美好季节里，我又一次展开了幻想的翅膀，大胆地去追求，不过那绝不是追求美酒、鲜花和掌声，而是渴求人生的价值、生命的真谛。这才是我最最快乐的时光，也是我富于幻想的生命本源。

金风未动蝉先觉

如果说“芳菲随春去，葱茏入夏来”这句诗写得好，我倒觉得“最是人间留不住，朱颜辞镜花辞树”这一句更有味道。

今天，天空格外美丽，蓝得很纯净。

我走过郁郁葱葱、树木丛生的林间，弯曲的小路铺满厚厚的松针。午后的阳光照射大地，静静蒸腾起炎热的味道，辛辣，刺鼻，让我感到“金风未动蝉先觉，暗送夏意有人知”的境界，也让人感知生命最纯粹本真的一面。风拂过我的头发，两边的树木沙沙作响，我突然之间进入了一种前所未有的宁静，往前看，还有一些期待，往回看，没有任何后悔。

一路慢行，看看花草，听风过、蝉鸣、云飘，自然的情绪韵律，藏匿于乡野的每一细微处，远离城市喧嚣，让我听见内心最真实的声音。我将手掌按在一棵树的树皮上，此时，我清楚地感受到了自己的脉动，真是一种奇妙的体验。我想树是有生命的，当然，这生命是一种有灵魂、有思想的存在，区别于我们俗常认知中的生命本源。

时光悠悠，推动季节的年轮，如约而至的夏季，在这个正式与夏天携手并进的时刻，我把自己调整到最佳的状态，这是初夏的必修课。你看，骄阳灿烂，挥洒热情如火，繁花照水，炫若云霞，一派诗情画意。小荷才露尖尖角，更有枇杷甜心头。日子，依旧一往情深。

夏日，绿意盎然的篇章，每一个词语，每一个章节，都透着热浪与喜悦。沿着轮回的轨道，我看到的是在春天种下一枚希冀，然后在夏天由它抽枝、散叶，灼灼生长。如此，便是我眼前的碧空如洗、风轻云淡；碧波荡漾、绿树掩映。

如果你也能感受到，那么，来一起倾听吧。

真爱从不缺席

大梦谁先觉，平生您自知。每个人在一生中都会遇到各种各样的事，经历各种各样的挫折。想干出一番事业，必须在身处各种情境的时候，保持永远积极的心态，做一个豁达向上的人。

你可能很清楚现在的世界首富是谁，但你也许并不知道65年前世界首富是谁。

他在21岁时就成为百万富翁，1957年被《财富》杂志评选为世界首富，此后连续20年保持美国首富地位，他就是保罗·盖蒂。保罗·盖蒂成功的秘诀是其拥有充分的想象力、独创力、独特的个性、自动自发的特性以及如何做好人。

谈到如何做好人，前些日子，偶遇税务局胡春延老局长，闲聊之余，老人家语重心长地对我说："一个人真正的成功，不是看你坐拥多少财富，也不是看你家中是否高朋满座，而是在工作中有没有一班人鼎力支持你，在生活中有没有一群人相伴你，在休闲时有没有儿时的一帮朋友会想到你，另外，在你需要帮助的最关键时刻，大家会不会不约而同地尽自己所能，助你一臂之力。"是的，只有在你最需要帮助的时候，才能看出谁才是真正对你好的人，谁才是真正爱你的人。

"感君一顾恩，同来洛阳陌。"有一则寓言故事也生动地诠释了“谁把你真正放在心上”。

有一天，一只羊独自去吃草，突然间从树丛中蹿出一只狼来，要把羊给吃了。羊奋力地抵抗，大声地向自己的朋友呼救，就在附近的野猪看到这一幕，发现那边是凶狠的狼，吓得赶紧撤退。路过的牛看到是狼，悄悄地原路返回。马一听到呼声，一溜烟地跑了。兔子更是飞快地窜走，生怕被狼发现。只有远处的狗听到羊的呼声赶紧跑了过来，一直死死咬住狼的脖子，给了狼致命一击，救下了羊。等到羊平安回到家，猪、牛、马、兔这些朋友都来了。他们围着羊，激动地说：“你怎么不告诉我，我可以帮忙呀！”他们围着羊热烈地讨论，唯独没有那只真正救下羊的狗在场。

这让我知道，人只有在自己落魄的时候，才知道谁会为你伸出援手。真正靠谱的朋友，不一定每天围着你嘘寒问暖，称兄道弟，但在关键时刻，一定会拉你一把。

在你最需要帮助的时候，真爱的人一定不会缺席，反之亦然。在你最艰难的时候，会有人为你雪中送炭，在最无助的时候，会有人为你规划未来。如此，你这个幸运的人，就遇到了世界上最幸运的事。

看不见的“自己”

“自己”这个东西是看不见的，只有撞上一些别的东西反弹回来，才会了解“自己”。所以，跟很强的东西、可怕的东西、水准很高的东西相互碰撞，然后才会知道“自己”是什么，这才是自我。这段话我非常喜欢，每一次读它，都会让我产生各种不同的联想与感悟。

人贵在有自知之明，知道自己有多大能力，这点很重要。春秋时期齐国大臣鲍叔牙，三次推辞相国之位，堪称有自知之明的楷模。

每个人都需要一面镜子，可以常常自照，知道自己是谁，身边的人是谁，你从哪里来，又要到哪里去。

自己的路需要自己走，鞋合不合适，也只有自己知道。不知道自己能吃几碗饭，适合干什么，找不准方向，再努力也是事倍功半。美国的巴顿将军也曾说过：“有一种东西，比才能更罕见，更优美，更珍奇，那就是自知之明。”做人，量力而行，量体裁衣，明白自己该做什么，该如何做。

同样的道理，你适合什么领域，要去做了才知道。即使是一个天才，不去做一做，也永远不知道自己适合什么领域。比如莫泊桑不写小说，他也不知道自己能成大家。居里夫人不做实验，也不知道自己能发现镭。所以，适合什么领域，做了才知道，当你去做了之后，才能发现自己的不同之处。

汉高祖刘邦，是一个非常有智慧的人。他说过这样一句震撼人心的话，可以说是对他自己最真实的写照。他在即位的庆功宴上说，我之所以能有今天，主要在用人上，我能知人善任，任人唯贤，其实，我自己的能力是非常有限的，全靠大家的帮助才有今天。比如说，萧何在治国安邦上胜过我，张良在深谋远虑上也胜过我，而韩信在用兵之道上也胜过我。他们能为我效命，其实是我的福气。有了大家的鼎力相助，我才有今天。刘邦的智慧就体现出这种自知之明。

每个人的时间都是有限的。我们应该把时间好好利用起来，关注自己，认清自己，同时不要把自己看得太高，也不能把自己看得太低。每一天都是限量版，没必要让自己过得愁眉苦脸，因为人生是你自己的。永远让自己保持清醒的头脑，至少知道自己不要什么，也能让自己少走很多弯路。

人生最大的敌人是自己。这世上没有任何一个人可以拍着胸脯说自己是完美的。能够直面自己的缺点，能够接受自己的不完美，并且保持善良的人，才是成人之道。

其实，真正有大智慧的人，都非常重视自知与自省，也喜欢与自己做朋友。人生最大的幸运就是拥有自知之明。

当善良遇到善良

“人的一生中，想得到的任何东西，需要有足够的福气去承载。福气并非一蹴而就的，而是需要我们在日常生活中不断积累善良与温柔。”与朋友茶叙时，一起聊到善良。

是的，世间所有的惊喜和好运，都不过是你久积的人品和善良。有一个故事，可以验证这句话。

明朝天顺年间，吉水之地，有一位才情出众的举人，名唤彭教。他怀揣着满腔热血与抱负，携同一名忠诚的仆人，踏上了进京赶考的路途。当晚，主仆二人选择了一家古朴的客栈投宿，低矮的客房内，昏黄的灯火摇曳着，映衬着他们期待的眼神。

清晨的露珠还未褪去，仆人便早早起身，出门打水。就在此时，楼上忽有细水如丝，轻轻洒落。仆人眼疾手快，侧身躲过，却意外发现水渍中闪烁着金色的光芒。他低头一看，竟是一只精致的金钏，静静地躺在青石板上，仿佛在诉说着一段未完的故事。

仆人心中一阵狂喜，四下无人，他迅即将金钏藏入怀中。回到房间，他向彭教展示这意外的收获，脸上洋溢着得意的笑容。然而，彭教却眉头紧锁，他深知这金钏背后可能隐藏着不为人知的秘密。

思忖片刻，他对仆人说：“我们不能贪图这意外之财，必须尽快返回客栈，将金钏归还给失主。”仆人闻言，心中虽有不甘，但看着彭教坚定的眼神，只得点头答应。

主仆二人匆匆赶回客栈，只见一名年轻女子正泪眼婆娑，她的父母因为金钏的丢失而反复诘问她，使她不堪羞辱，正欲轻生。彭教见状，立即上前，将金钏归还给女子，并解释了事情的经过。女子感激涕零，她的父母也连连向彭教道谢。

而那场因归还金钏而错过的考试，竟也带来了意想不到的转机。京城传来消息，考场突发大火，许多考生命悬一线。而彭教因缺席而幸免于难。随后，朝廷下令重考，彭教凭借出色的才华，一举夺魁，成为天顺八年的状元。

此事传为佳话，人们纷纷感叹世事无常。彭教以善念待人，终得天佑。在沧桑的世事中，他习得了一颗安然无恙的内心，以平和的心态面对人生的起伏与变迁。

当我们心怀善意，对待他人时，世界也会以同样的方式回馈我们。所有的惊喜和好运，都是我们在人生旅途中种下的善因所结出的善果。

在梁晓声的《人世间》这部小说中，有很多故事和人物可以让人回味无穷。尤其是周秉昆。比起他的哥哥姐姐，周秉昆的能力和成就或许都不算什么，但他有一颗真挚的善良的心，他做了很多让人感动的事。为了朋友他可以两肋插刀，不求回报，更难能可贵的是，遇到陌生人，他同样会施以援手。

周秉昆在澡堂门口等乔春燕时，发现一个老人因在澡堂摔倒急需送去医院，他自告奋勇，把身上厚实的衣服脱下捂在老人身上，然后推着板车载着老人及时到医院。看到老人情况稳定他就立刻回去了，啥也没图。

周秉昆万万没想到，这老人的背景是大有来头，还跟自己后来去的大型酱油厂有点渊源。这老人叫马守常，是酱油厂大领导曲书记的丈夫。曲书记一开始没告诉周秉昆，反而在工作中严格要求周秉昆，后来才组了个饭局安排周秉昆和老马见面，也算是对周秉昆的感谢。

在这个物欲横流的时代，善行无辙迹是种难能可贵的品质。你投入的每一个善念和德行，命运都在悄悄悉数回馈。

朋友总结性地说："不是说我们行善就是为了图后面的回报，而是说，每一个善念和善举，都会照亮自己的灵魂，都至少会温暖两个人，一个他人，一个自己。"在漫漫的人生路上，我们终会遇到各色各样的温暖你我的人，而善良终究会遇到善良。

是的，行走于人世间，善良，是最好的金色盾牌，既能照拂他人又可闪亮自己。

在心中撒个娇

一本写给女性的励志随笔集，无意间被一个大男人翻到了。说来也巧，主要是书名起得好。

缘分似乎早有安排，那本《来都来了》，书名如同一把钩子，轻轻勾住了我的目光。此时，书正捧在我的手上，那就捧个场吧。

文字，这神奇的载体，既能深入人性的深渊，揭示其复杂多变的面貌，又能以细腻的笔触描绘出生活的无奈与多彩。这本随笔集，字里行间充满了犀利与幽默，记录着女性生活中的真实故事与情感。其中，一篇《中年人撒个娇，还是可以的吧》，更是触动了我内心深处的柔软。

许多中年人，外表看似体面稳重，如同静水深流，然而他们的内心却充满了杂乱无章的思绪。那些痛苦，大多源自生活的琐碎与平淡。环顾四周，似乎每个人都在经历着相似的挣扎与无奈。于是，这些痛苦在中年人心中变得愈发矫情，难以启齿。

我所居住的小区里，就有这样一位中年人——仲琴。过去的五年里，她经历了人生中最艰难的时光。从四十岁开始，她的母亲便疾病缠身，经常住院，身体衰弱，最终瘫痪在床。作为独生女，且父亲已离世，照顾母亲的责任自然落在她的肩上。

那时，她的女儿才五岁，无法给予她任何帮助，反而需要她的照顾与抚养。虽然她有舅舅、姨妈可以轮换着照顾病人，但更多的责任与重担仍然压在她的肩上。她的丈夫需要上班，还要照顾女儿，而母亲作为女性长辈，生活无法自理，丈夫照顾起来也不方便。尤其是母亲瘫痪后的那六个月，她几乎是独自一人在照顾并陪伴着母亲。

于是，日日夜夜，她独自坚守在母亲的身边。

仲琴的母亲在偏瘫后患上了严重的抑郁症，时常闹着要寻死。她一边照顾母亲的身体，一边还要开解她的思想。两人之间时常因为母亲的消极情绪而发生争执，但每次争吵过后，她都会擦干眼泪，笑着哄母亲开心。她知道，母亲只能向她发泄情绪，因为她是母亲在世间最亲的亲人。

今年三月，仲琴的母亲离世了。她的姨妈、舅舅和表哥都“如释重负”，作为女儿的她也不例外。然而，每当回想起那段艰难的时光，她的心中仍会涌起一阵酸楚。她害怕自己老了之后也会像母亲那样无助和脆弱。

在照顾母亲的日子里，仲琴的低血压只有56mmHg，那时的她真的不知道自己还能坚持多久。内心的恐惧与毅力每天都在交织着，好在最终她还是熬了过来。

像仲琴这样的中年独生子女，他们的苦与难，那些有兄弟姐妹的人或许永远无法理解与体会。当所有的重任都压在一个人的肩上时，那种苦与累，必定是超出常人的数倍。这便是独生子女步入中年阶段后，所面临的最残酷的现实。

时光匆匆流转，那些曾经是人们口中的“溺爱”“娇生惯养”

甚至“自私”的独生子女们，如今已经被迫挑起了家庭的重担。他们心中充满了矛盾与无奈：“不敢生病”“不敢远嫁”“想拼命赚钱养家，却又想有足够的假期陪伴家人”……曾经的宠爱与偏爱，如今都化作沉重的压力与责任。

一对夫妻，需要面对四位老人的养老的问题、婚姻的经营、家庭经济的维系以及未成年儿女的养育。如果老人中还有长期患病、卧病在床或瘫痪不起的，那无疑是雪上加霜，让他们感到苦不堪言。他们没有退路、没有帮手，唯有咬牙坚持。

生活本来就是这个样子，充满了未知与变数。或许，对于中年人来说，他们无法改变生活的现状，但至少可以在心中撒个娇，给自己一个温暖的拥抱。这样的撒娇，或许能够让他们在面对生活的艰难时，找到一丝慰藉与力量！

爱，是懂得

真正的爱是什么？一千个人有一千种答案。

刘立言，是我才认识的一个年轻朋友。大学才毕业，在某应急管理部门工作，人长得帅，聪明又有激情，唯一的遗憾是情感方面不顺。上周末，才处的相亲对象，又婉拒了他。但对爱情，他一直充满信心和期待。

这也是我喜欢这个年轻朋友的地方。

那天晚上，我们一起运动。我问他："立言，你跟我说说，爱是什么？""爱，这个字眼儿，轻轻柔柔，仿佛花瓣落在水面，漾起层层涟漪。它既有阳春白雪般的高雅圣洁，也有仿若泥土般的朴实无华。"他脱口而出。

说得多好！是的，在这个世界上，没有什么比爱更复杂、更丰富，也没有什么比爱更简单、更纯粹的了。

记得很小的时候，我常常坐在妈妈的膝盖上，听她讲述那些关于生产队某某与某某相爱的故事。

上学后，我问妈妈："什么是爱？"她说："爱就像门前农田里的一颗种子，藏在每个人的心底，需要用温暖和关怀去浇灌，才能生根发芽，绽放出美丽的花朵。"

那时，我并不懂，只是觉得妈妈的怀抱很温暖，很安全，家才是爱的地方。随着时间的推移，我渐渐长大，开始懂得爱的含义。

爱是什么呢？那是一种无形的纽带，将人与人紧密相连。爱可以是亲情、友情、爱情，也可以是对一个地方的眷恋，对一件事情的热爱。

我记得有一年冬天，妈妈冒着严寒，在烂泥路骑行十多公里，只为了给奶奶买一盒她爱吃的藕粉。那天，雪花纷飞，寒风刺骨。我看到妈妈踏雪而归，手里紧紧握着那盒藕粉，她的身影在风雪中显得那么高大。那一刻，我明白了：爱是风雨无阻。

还有一次，我和朋友们一起参加一个志愿者活动。我们到达一个偏远的小村庄，为那一户的小孩子补上一堂课，送去学习用品。那孩子虽然生活条件艰苦，但他的眼神中充满了对知识的渴望。我感受到了一种力量，那是爱的力量。那一刻，我知道了，爱是可以传递的。

爱情，是爱的一种表现形式。我曾读过一句诗："爱情是两颗心在风雨中相依为命的坚定。"它诠释了爱情的真谛。在这个瞬息万变的世界里，唯有爱情可以让人心手相牵，不离不弃。

在苏北乡下，有一对夫妻，年轻的时候因为种种原因被迫分离。他们分隔两地数十年，心中却始终牵挂着对方。最终，他们克服了重重困难，重逢在阳光下。我见到他们时，一个在择菜，一个在与邻居拉家常。那一刻，他们的脸上洋溢着幸福的笑容，仿佛所有的时间在这一刻都静止了。

这对夫妻的故事告诉我，原来爱情可以穿越时空，奔赴山海。当然，爱并不总是甜蜜和幸福的。有时候，它也会带来痛苦和泪水。其实，正是这些痛苦和泪水，才让爱的意义更加深刻、更加坚韧。因为在这个世界上，没有什么比付出更珍贵，也没有什么比真心更难得。

生活中，我们都是爱的追寻者和守护者。我们用爱去温暖这个世界，也用爱去疗愈自己。就像种子一样，只要我们用心去浇灌，终将会绽放芳华。

月满则亏，水满则溢，花满则衰，爱满亦会让人痴狂！

昨天夜里，我读丁立梅老师的散文《爱与哀愁》，感慨万千。

她认识的一个母亲，结婚好多年，却没有孩子。后来，好不容易喜得一子，宠爱万分，如她所说，含在嘴里怕化，捧在手心怕摔。一路溺爱的孩子长大了，快二十岁的人，不学无术，整天把自己关在房内打游戏，一不高兴，就对母亲非骂即打。

一日，母亲劝他注意身体、早点休息，一下子扫了这个孩子打游戏的兴致，他竟勒令母亲跪在地板上，一跪就是大半夜。

一贯木讷的父亲，也被激怒了，终于忍无可忍，趁儿子早更头熟睡之时，一锤子砸死儿子。警务室里，母亲哭得肝肠寸断，语无伦次地说："作孽啊！作孽啊！"

读完丁老师的散文。我为这个孩子痛惜，一个原本天真如雪的孩子，毁了。还有那个母亲，和她忠厚老实的男人，这辈子的伤痛，谁能疗愈？

时光因爱而暖，人生缘爱而聚。没有爱，世界必将是一片荒芜。爱一个人，原是爱到七分就够了，还有三分要留着爱自己。爱太满了，对任何人而言，都不是一种幸福，而是变成了莫名的负担。

世界上的大道理铺天盖地，而生活原本却是那么简单。无论是爱物，还是爱人，都要有节制啊！

这是经年之后，我才明白的道理。

第二辑

良知就像一束光

良知就像一束光

很多车主朋友都有这样的经历：自己的爱车停在车位上，却被人撞了、被人蹭了，关键还不知道到底是谁干的，心态简直要爆炸！

爱车被划伤，肇事者逃得无影无踪，这种情况该怎么处理？

近日，朋友吉先生就遇到了同样的事，自己的私家车，晚上回来停在规定的地下停车位上，第二天早上上班时，却发现左后轮上边框被刮擦了一条长长的“拖拉线”。

物业调出监控后说，那地方是死角拍不到，简直让人无语。一部新车，规规矩矩地进出停放，没扰人没刮人，却被人擦刮。车都没有安全感，那人呢？

随着生活水平的提高，越来越多的人选择汽车作为自己的出行工具，但同时也存在着“停车难、被人擦”的问题。常常会因为没有地方停车而感到烦恼，也常常会有在规定地方停车，却发生莫名擦刮而又无从追责的烦扰。

如果两车行驶过程中相擦呢？按照一般的认知，两辆车在路上有点碰撞，两个车主就算没有争吵，也会闹个不愉快。但是，最近有网友拍下了宁波街头的“淡定一幕”，两辆轿车发生刮擦，而两位车主不慌不忙，盘腿坐在路口下棋等着交警来处理。

这两位车主的行为，得让那些爱车一有擦碰就来火的车主汗颜。正如一位网友说的，出了事儿不要老吵吵闹闹的，淡定！淡定一点儿不挺好吗？

擦刮人家的车，怎么办？也许可以用另外一种方式去处理。前段时间在北京，一名男子车的后视镜被人刮擦了，但是发现对方留了一张纸条，上面表示因为不清楚损坏情况所以留了纸条，要是有损坏就打电话联系他赔偿。做错了事情就要勇于承担责任，而不是选择逃避。有些时候承担责任所受到的惩罚可比逃避来得小。从另外一方面讲，做人要有责任心，敢于担当，如果是不小心的，写张字条留个电话，主动提出负担维修费，这样才心安。没有必要逃避，其他事情也一样。

人活在这个世界上，难免会犯错误，但是错误发生后，该怎么办？其实这是很多人面临的现实问题。除了那些不愿意承担后果的人，很多人其实是过不了自己内心的那道坎的。

对于我们每个人来说，错误是不可避免的。面对错误，应该勇敢地面对它,不要试图逃避自己应承担的责任。将承认错误、担负责任根植于内心，让它成为我们脑海中一种强烈的意识和人生的基本信条，这才是真正的做人。

梁启超说：“人生须知负责任的苦处，才能知道尽责任的乐趣。”做错了事,要心存忏悔,光明做人,承担应有的结果。犯了错，要敢于面对，敢于负责，才能活出自己的尊严。

人性有善恶好坏之分，不同的生存环境和人生境遇会产生不同的人性心理和人性行为。良知就像一束光，可以照亮黑暗中前行的道路，可以散发人性的光芒。我们的未来社会将会是什么模样取决于今天的你是什么模样，你今天的模样或多或少决定了未来社会的模样。

良知就像一束光，一束照亮自己、温暖他人的光，这个社会需要更多的有良知的人。

家书抵万金

如果你问我现在最好的沟通方式是什么，我会说是电话、手机等信息化时代的时尚方式，而最传统的书信方式似乎已经过时，很少被人使用了。

“能成为儿子的知音，书信功不可没！”我从中看到了一个父亲用家信改变儿子的真实故事。

2006 年 11 月 27 日，他给儿子写了第一封书信，对儿子前 14 年人生岁月进行了充分肯定和赞许；2007 年初，他给儿子写了第二封信，连续用了 9 个“我想对你说”，提醒儿子，及时改正身上的种种不足；收效最快的是第三封书信，那是2008年4月，孩子有了异校恋，他给儿子写了近 5000 字的书信，帮助孩子走出了早恋的迷途；2012 年，儿子顺利考上大学，他又写了 3000 多字的家书，送给儿子作为成年礼物。

他，就是我的老同事陈相富先生。特别让人感动的是，儿子在他的耳濡目染下，从小也学会用书信宽父母的心，表达自己的爱。

陪伴孩子不仅要用心，还要有智慧。在家庭中，感情沟通的方式有许多种，但写信仍不失是一种最好的感情交流方式。

书信，古老又温情。诸葛亮的一世学问，都浓缩在给儿子的一封信中。一封《诫子书》，只用了短短86字，但对于为学做人有精简而具体的忠告。

家书是一种感染力极强的鲜活文本，西方人称之为“最温柔的艺术”。铺一张白纸、修一方尺牍，是我国古代文人表露心绪的常用形式；展一方徽宣、写一帧信札，是我国传统士子寄寓乡愁的有效渠道。以前没有看过《曾国藩家书》，读后我才知道原来曾国藩用一份份感人至深的书信教育兄弟子侄，造就了曾门人才辈出的奇迹。

外面的世界脚步太快，我们在里面让她慢下来。书信，不失为一种较好的陪伴方式。20多年前，作家刘墉以一封封亲切的亲笔信，写给刚考上纽约史岱文高中的儿子刘轩，信中针对儿子每日生活所遭遇的事件加以分析及引导，寄理于情的字字句句间，充满了父亲对儿子的关爱、教诲与期许。跨越20年的成长，穿越20年的对话，父情子心相互辉映，育子经典历久弥新。

《长大成男人》是美国的一位雕刻家，也是一位成功的父亲写给儿子的教子书。作者肯特·纳尔本站在父亲的角度，以书信的形式，结合自身成长的经历和感悟，告诉儿子如何才能成为真正的男人，包括真正男人的含义，以及如何看待世界、看待金钱、看待工作和生活。

书信是连接心与心的纽带，它让隔代人能真实触碰彼此的心灵，让心与心跨越鸿沟，深层次地相通。可是，我有多久没有给女儿写过信了？

为何笑我是愚人

“出言无忌意修真，处世常怀赤子心。薄宦尤须问真理，为何笑我是愚人？”日前，杭州的蔡阳敢先生跟我聊天时谈到，他陪领导到基层去调研，让他感到纳闷的是，平时挺活泼的某些干部在整个座谈会上，要么鸦雀无声，要么千人诺诺，一片赞声。

“是因为怕我们？还是确实没有需要反映的呢？”蔡先生疑惑地问我。

我笑笑，很肯定地告诉他：“意见肯定是有的，之所以没有提出，无外乎怕你们没有用心和怕你们用心也没用。”

说真话，天就真塌下来了吗？

袁隆平通过多年的艰苦努力，使杂交水稻产量一年高过一年。有记者问袁隆平：“您是不是一直立志于解决中国人的吃饭问题？”袁隆平自嘲地说：“肯定不是，我没那么大的思维。就是能搞个品种出来，让它增产就觉得心满意足了。我哪有那么大的雄心壮志？”一旁的助手急得直跺脚，对袁隆平说：“您这样说话不好吧，您的贡献举世瞩目，何必自黑？”袁隆平哈哈一笑：“我说的是实话。”

做人做事，但求一真。说真话不仅需要见识，还需要勇气和逻辑，更需要一颗光明的心。

讲实情、说真话，是一个治理体系正常运作的基本前提。说真话，很多时候需要一种“虽千万人，吾往矣”的信念，需要不迷信权威、只相信事实的品格，需要敢于大声疾呼、为民请命的情怀。

诺贝尔文学奖得主，法国作家阿尔贝·加缪在其代表作《鼠疫》中描写过一位医生的心声：“我认为自己对当英雄和圣人都没有兴趣，我所感兴趣的只是做一个人。这一切里面并不存在英雄主义。这只是诚实的问题。与鼠疫斗争的唯一方式只能是诚实。”

“敢言”是一种宝贵的品质。鲁迅说：“青年人要大胆地说真话，勇敢地前行，忘掉一切利害，推开古人，将自己的真心话发表出来。”当然，鲁迅是勇敢的！

说真话是做人的根本，也是一个社会正常化的基础。我跟蔡先生说，如果敢讲真话反映的是担当，那么愿意听真话，体现的是胸襟和自信。对于真话，我们一定要认真倾听；对于讲真话的人，我们一定要加以善待。对于一些不太准确、稍有偏差的善意忠言，我们也要有“言者无罪，闻者足戒”的胸怀和担当。只有谎言的阴霾散去，才会看到真实的蓝天。

讲真话，道实情，显担当，见人格，是情怀。讲真话不仅是能力，更是一种操守。

文化出圈殊可拟

“传统新潮擦火花，宫殿颜色口红套。出圈吸粉桃花洒，眼洞大开真有价。”小王问我：“在 20 世纪八九十年代初，年轻人最时尚的文化行为是什么？”

我不假思索地告诉他：“学许国璋英语、练庞中华字帖、读汪国真的诗。”

八九十年代初的年轻人刚好赶上改革开放，充满青春的懵懂、激情与冲动。我们习惯把这个时期归结为中国文化时尚的增殖期。

除了学许国璋英语、练庞中华字帖、读汪国真的诗外，我觉得还有学刘天礼的吉他、练聂卫平的围棋，当然，还有更多……文艺加青春，励志加温情，这是一种文化时尚，也折射出中国社会变迁的路径与特征，今天依然启人深思。

每个时代，都有每个时代的时尚。也许每一个人对时尚的理解不一样，时尚已经成为这个世界的潮流代言词之一。

新文化与传统文化的碰撞，无处不在，这种碰撞并不是把一种文化淘汰，而是在传承创新，融合成更符合新时代特征的文化。多元风格与时空的融合，必将打造出让人耳目一新的新一代文化，这就需要我们自己去体会当下时尚的生活，享受其带来的美感，愉悦自己的心情，使得自己的生活变得丰富多彩。

文化“出圈”，一端是传承，一端是发展。

生活在新时代的年轻人，无不有追求时尚的要求与权利。这显然与生活的本来意义相生相伴。“追求文化时尚是件趣事，但不是必然事，你可以选择追寻，也可以另辟蹊径。”我鼓励小王做真正的自我，不要随波逐流。

正如汪国真诗云：“没有比脚更长的路，没有比人更高的山。”选择追逐文化时尚是常态，坚定不移地创造文化时尚，才是真本事。

安步当车也坦然

“怎么刚刚学会懂事，就老了？怎么刚刚学会包容，就老了？……怎么刚刚懂得时间不经用，怎么转眼之间就老了？”歌曲中这一连串的叩问，也在击打着我的心扉。是啊，一晃又是三十三年！

为什么说又是三十三年呢？蔡先生三十三年前刚工作时，我看到他是满头乌发，临近退二线的他，光秃秃的大脑袋上只留下可数的几根细发，远远看去，真像个大球胆，反射着啤酒瓶般的亮光。他自己开玩笑说：“头顶稀疏几棵草，随风飘舞左右摇。中间是个溜冰场，周围是圈铁栏杆，现在是地方支援中央啊！”

蔡先生乐观的心态，倒让我想起一则玩笑故事。说有一个人，只拥有三根头发，有一天，他去了一家非常有名气的发廊，准备做一个造型。发型师问：“先生你想要设计什么样的发型呢？”顾客回答：“ 你拿主意就好了，我没什么意见……”发型师说：“那我帮您编个辫子吧。”在编辫子的过程中不小心掉了一根头发。发型师说：“先生，先生，有一根头发掉了，怎么办好呢？”顾客说：“噢！不要紧，那请你帮我梳个中分发型好了。”在梳头发的过程中，又掉了一根头发。发型师说：“先生，先生，又掉了一根头发。”顾客说：“那算了，我就披头散发地回去好了。”

安步当车也坦然，粗茶淡饭就满意。生命就是一场觉醒的过程。如果你能客观地对待自己的狭隘，把所有的挣扎与无助，所有的负累和隐忍，都当作上天赐予你的一份厚礼，管理好自己的心态，控制好自己的情绪，这就是最优雅的转身。在生活中，也许我们无法决定会发生怎样的事，但我们却可以选择以怎样的心态去面对。

其实，任何事都有它的两面性。

别人骑马我骑驴，仔细思量我不如。回头看见挑脚汉，比上不足比下有余。人的欲望哪有止境，就像《渔夫和金鱼》的故事中，那个贪得无厌的老妇人，在小金鱼的神力帮助下当上了皇后，竟然要小金鱼做她的仆人，下场当然是美梦破碎，他们又回到最初草房子、破木盆的生活。

“一个健全的心态，比一百种智慧更有力量。无论生活、工作，都需要一个好心态，善于和生活和解，不必较真、钻牛角尖，放自己一马，又何尝不可呢？”蔡先生跟我说。

是的，纵然繁华三千，看淡即云烟。不同的心态，造就不同的人生。心态决定命运；心态决定人生。苏轼的仕途，异常坎坷。四十多年的官宦生涯中，有三分之一的时间是在流放中度过。但无论人生如何大起大落，苏轼始终乐观豁达，超然物外，还被林语堂称为“不可救药的乐天派”。苏轼被贬黄州时，一日和朋友们外出春游，突遇大雨，被淋得狼狈不堪。苏轼却泰然处之，在细雨之中仰天长啸，竹杖芒鞋，悠然自得，写下了名句：

“竹杖芒鞋轻胜马，谁怕？一蓑烟雨任平生。”在流放的日子里，没有怨天尤人，反而在耕田、烹饪中找到了乐趣。在下放黄州、仕途落寞之际，还能享受生活，做出“东坡肉”等名菜。

无论身在什么处境，相信此生永远没有太晚的启程，年龄就是我们最好的勋章，有梦就去追，有路就去行。虽然我们留不住岁月的脚步匆匆，但是彩虹般的记忆，却可以历久弥新。苏轼就是这样的人。

生命多喜悦，岁月长安宁。苏轼满足的秘诀，在于知道如何享受自己所拥有的，并能除去自己能力之外的物欲。美国学者拿破仑·希尔说：“人与人之间只有很小的差异，但是这种很小的差异却造成了巨大的差异！很小的差异就是所具备的心态是积极的还是消极的，巨大的差异就是成功和失败。”凡事往好处想。生活，就像一杯白开水，其中滋味要靠自己慢慢体会。

记得杨绛先生也讲过：“无论人生上到哪一个台阶，阶下有人在仰望你，阶上亦有人在俯视你，你抬头自卑，低头自得，唯有平视，才能看见真正的自己。”世间没有心想事成，生活没有万事如意，人生没有随心所欲。所以，快乐靠自己寻找，幸福靠自己创造。你烦恼，所见皆丑陋；你开心，一切都美好！

心态，才是我们真正的主人。这是蔡先生的人生观，我很是赞同！

昨夜东风怒不成

“洞门不可见，但闻水声怒。”昨天，听说某董事长脾气非常差，一遇急事就发火生气，天皇老子都敢骂，好像全世界都欠他钱似的，甚至把怒气发泄在不相干的人身上，从不就事论事，还喜欢翻老账。

又听说，某公司车间主任平时性格温文尔雅，见人就笑。但他人活得跟谍战片一样，在跟别人没有利益冲突的时候，还能愉快地和平相处；一旦发生利益冲突，立马生气翻脸，丝毫不讲任何情面。

还听说，某出租司机，人很有特点，一喝大酒，就会发火骂人，上到大爷，下到服务员，老婆小孩一个不落，见谁骂谁。

怪了，平时看起来一副文质彬彬、不争不抢的样子，但凡有了情绪生起气来，就好像换了副面具似的，哪怕是对自己的爸妈也会破口大骂，大发雷霆。

天下人是不一样的。发火生气，最能暴露一个人的本性。是刻薄、自私、算计，还是理智、沉默、反思，都能反映一个人的真实内心和品行修养。

认识一个人不容易，平时温文尔雅，但发飚的时候，可能就是只暴怒的狮子。有人说看人还是真得看他生气发火时候的样子，只有这时候，所有隐藏的和伪装的才会全部浮现。

每个人在人世间，不可能不被冒犯，被冒犯时生气很正常，但如何表达生气，可以看出一个人的教养和人品。脾气是本能，沉稳是修养，是智慧。有意思的是前段时间，在网上看到一则新闻：在山东烟台的某个高速路口，有位孕妇站在应急车道处，有些不知所措。交警上前询问得知，原来，她和老公在车上吵架，老公一气之下把她扔在高速上，独自开着车离开了。全然不顾高速路上车来车往有多危险！更何况，她还怀有身孕。

“昨夜东风怒不成，晓来犹自扫残英。”品性这东西，看不见也摸不着，但看一个人发火生气的样子，就能深刻感受到，品性好的人遇到生气的事情，也不会丧失基本的道德和素养，不会脏话连篇、恶语相向，保持始终如一的真实。

如果是你，即便生气，也能控制好自己的情绪，管得住自己的脾气，能反思自己，主动认错。那你，一定是一位最值得尊重和深交的人。

心里住着小王子

耐人寻味的微笑，看不明白的眼神。曾经我以为外面的世界就像童话一样，但当我终于离开童话的幻梦走进真实的世界时，才发现童话与现实的差距是那么大。

很多人都说，幸福的人用童年治愈一生，不幸的人用一生治愈童年。如果说人生是一场游戏，表象和本质正是这个游戏的精髓所在。“本质的东西用眼睛是看不见的，只有用心才能看见。”这是临别时，《小王子》中狐狸告诉小王子的秘密。本质这个东西，以表象为伙伴，或者我们可以这样认为是表象保护了本质。本质不喜欢被人打扰，它总是避开众人而独自行走在深深的海底。

《小王子》是法国作家安东尼·德·圣埃克苏佩里于1943年写成的童话。它告诉我们，我们需要治愈的，不是童年，而是那颗善忘的心。

真实的世界，人们表面看起来彬彬有礼，实则“人心不足蛇吞象”，就像飞行员小时候画的一幅画，明明画的是蛇将大象吃进肚子的样子，人们却说是一顶礼帽。

《小王子》以孩童式的眼光透视出成人的盲目和愚妄，用天真的语言写出了人类的孤独寂寞，表达了对金钱关系的批判和对真善美的讴歌。

每一个人都有自己的生活，每一个人的生活都是特别的。然而你可不可以告诉我，是不是每一种色彩都应该盛开呢？我只能看见，或者，我看不见。

“用心才能看见。”原来我们内心住着一个单纯的小王子，他是我们纯真柔软的象征。不论我们经历过什么，增添了多少年岁，他一如最初的模样，单纯美好地生活。《小王子》用浅显而又深奥的道理，呼唤这个纷繁的都市中的人们，要以诚待人，不能冷眼旁观，有时候你所看见的未必是真相，人与人之间用心灵来交流才是最真挚的。

人类与其他动物有所区别的，是我们看似拥有了丰富的内心世界，但我们的内心世界随着外物起伏而发生波澜，像是为生活的洪流所裹挟冲刷。实际上，我们每个人都在为烦恼和情绪所掌控，我们每个人都是自己内心世界的“囚徒”。人们忙忙碌碌追寻的东西，其实就在自己身边，用心去感受生活，感受爱和责任。

许多的事，我们仅从表象看是惶惶的，但如果直指本质，能亲眼见到事情的真相，事实上也就不那么令人担心了。如果说这个世界上存在一条通往幸福的“捷径”，那么这条路毫无疑问就是找到自我的内心。在真正找到自我的人眼中，生命犹如一条川流不息的大河，流淌在心中，闪耀着爱的光芒。

《小王子》是写给大人的童话，可惜有些成年人是永远不看童话的，也有些成年人是看不懂童话的，因为在这些成年人的世界中没有童话。讲给成年人的道理，总没有人有耐心听。

话又说回来，你要自己用心看过，才会明白，最根本的东西用眼睛真的是看不见的。

只有心里有日月，满眼才都是星辰。

代吃的情义

“嗲嗲（盐城方言，指祖父或泛称祖父级长辈），阿吃过啦？”“奶奶，没有吃呢，田里还有一把草要薅！”“大姑娘啊，吃过了！你吃过呢？”“我今天晚上没空子，请小伙去代吃啊！”乡音是洗不掉的身份证，它就像一条线，维系着我跟家乡的联系。

文友骆圣宏先生的一篇《代吃》文章，引起了我的许多共鸣。

一句乡音“你吃了吗？”背后充满着多少浓郁乡情，也包含着时光里的美好愿望。小时候的农村是穷的。20世纪六七十年代的生产队，老百姓家里一日三餐吃的大多都是玉米饭、玉米粥。有一点玉米大碴子吃就算好的了，因为那个时候全国人民都很困难，农民就更困难了，吃的都是粗粮，到了冬季，很多家庭只能是咸菜条子就饭吃。

过去，最隆重的事情莫过于婚丧嫁娶和寿宴了，而这些事情里面，有一个很重要的环节就是吃席。吃席，又叫坐席，如果主客出不了席，可让他人代席，也叫“代吃”。

那时生产队里，不论哪家有了大事，都会当正事、要事来办，绝不马虎从事。吃席曾是农村人主要的人际交往方式之一，每逢谁家有事，必然要操办酒席，宴请亲朋好友，邻里老少。

家里总有办宴席或者需要帮忙的时候，邻居之间的往来更像是“借还人情债”。

做大事的时候，总有关系不错或者好客的邻居，早早赶到，帮忙操持前后。还有很多邻居都会全家出动，到场庆贺，一来搭把手，二来凑个热闹，邻里之间老老少少，可以得空聊聊天、拉拉家常。可以说宴席一开，为大家伙平静朴实的农村生活，增添了一道色彩。

为了把家里的大事办得风风光光，顺顺利利，显得脸上有光，主家总要在舅舅席边上，安排一桌贵宾席。宴请的大多是大队书记、总账会计、生产队长、电工以及有名望的乡贤等。这些有头有脸的人围坐在一起，大口吃菜，大口喝酒，自然笙歌鼎沸，欢天喜地，好不热闹。

人情往来，有来有往才有人情，有来无往终成陌路。如果遇到两家或三家人家同时做事，人情出了，但吃不过来，客家盛情难却，就让自己的老婆、孩子代为出席，自己则出席一家自认为比较重要的人家。

小时候，我代表父母多次出席过酒席。那时候特别喜欢代吃，一有这样的机会，内心异常激动。除了能凑个热闹之外，最重要的是能吃顿好的。坐在八仙桌上，我能吃到年年有余的鱼、大吉大利的鸡、红红火火的红烧肉等全席。相比较其他小朋友，他们只能在父母的后面“捣腰”吃一点儿剩菜。

“大奶奶，你这向是忙得很呢。”“是呔，这向是忙了出人情，到处吃。两家重起来的时候，还要让我家小孙子去代吃呢啊！”“虽说有得吃，钱要掏出去呢，人情大似债，头顶锅儿卖。”

人情是交际，往来是修养。随着时间的推移，农村的代吃成了“人情世故”，在人们眼里变得越来越重要。我知道，代吃，其实吃的不仅仅是心意，吃的更是一种情义。

熟人生处

莎士比亚说："最甜的蜜糖，可以使味觉麻木。不太热烈的爱情才能维持久远；太快和太慢，结果都不会圆满。"我深以为然。

人与人之间，保持适当的距离，有彼此的空间，才能让两个人关系保持一个平衡的状态。

人生如尺，要有度。感情如面，别越界。璀璨的烟花在夜幕中绽放，但若靠得太近，反而被灼烧。径路窄处，留一步与人行；滋味浓时，减三分与人尝。这是说的分寸感。个人以为分寸感是成熟的标志，人际交往有必要懂得遵守人与人之间必要的距离。

有这样一个寓言故事，也诠释了保持距离才是人与人相处的最好方式。在寒冷的冬天，有两只刺猬遇见了，为了减少寒冷，两个朋友准备抱团取暖。可是，当它们刚抱在一起，就赶紧分开了。这是因为靠得太近，彼此身上坚硬的长刺扎痛了对方。它们再次换了位置，再次紧紧拥抱在一起时，依旧被对方刺痛了。最终，两只刺猬找到了既可以让彼此靠在一起，又不会刺痛对方的合适距离，抵御着寒冬侵袭。

人和人相处，一定要把握度。关系再好，也不要走得太近，否则最后也只能渐行渐远。

一个老师说得好，和朋友之间相处，最好保持一杯水的距离；和亲戚之间相处，最好保持一碗汤的距离；和家人之间相处，最好保持一张纸的距离。深以为然。在人与人之间的交往中，无论关系多么亲密，相处都得要留有分寸，不要越过界限，亲近地保持距离，才是最恰当的交际方式。

人与人之间，莫不如此，只有保持彼此的距离，两个人才能相处得很舒服，正所谓："远香近臭"，"君子之交淡如水，小人之交甘若醴"。

在生活中，对社交距离的把握，暴露一个人的层次和修为。真正的"分寸感"，其实就是懂得用心里的尺子，去衡量出旁人心中到底需要什么，并不露痕迹地配合。

水满则溢，月满则亏。人生最好的状态，就是花未全开、月未圆。处事分轻重，为人知进退，这是一个人的能力，更是一个人的教养。经历越多便越明白，有时候人与人之间最好的相处方式，就是"熟人生处"。

"虎生犹可近，人熟不堪亲。"守分寸，知进退，保持一定的分寸感，不过多地打扰别人，也能对别人过分的打扰说不，安静一点，本分一些，活得轻松又自在。

把酒杯倒满

“人有脸,树有皮。”这句话道出了人性的一大特点:爱面子。

据说，某集团总裁的脾气非常火爆，批评人毫不留情面。有一次开会，他对一个财务总监说：“你的长进非常大。”这位总监听到表扬很高兴，谁料总裁接着说：“从特别差变成比较差！”总监瞬间心凉凉。在另外一次会议上，总裁发现电器部门的人没有来，便拍桌质问：“电器部门的人为什么没有来？”这时，一个负责人解释说：“他们正在搞培训。”总裁说：“那我要给你降工资！”总裁批评人也不讲究方式方法。还有一次开会，他指着身边的常务副总裁说：“你，一个顶万个。”接着他又指着另外一位副总裁说：“你，万个才顶人家一个。”令这个副总非常难堪。

昨天会前桌叙，又一次聊到批评人不给面子问题。有人说，某某因某事又受到某领导的批评教育，面子都没有了；有人说，这是领导恨铁不成钢，严批才是厚爱。对于大多数人而言，面子是尊严，尤其在中国，从古到今，“面子”一直就是个非常敏感而又玄妙的东西。很多人可以丢钱财，但面子不能丢，面子是头等大事。作为下属，人人都想受到他人的尊重，得到领导的认可,希望自己有头有面。但面子哪来？一方面是靠自己争取，另一方面就要靠领导“给”。人人都爱听肯定、表扬的话，所以才有“忠言逆耳利于行”的古训。一般人被批评时，心里会不痛快；当领导去批评下属时，也知道对方心里会不痛快。

“当局者迷，旁观者清。”个人的许多缺点和不足自身难以察觉，需要他人指点敲打、扯袖提醒。受到的批评越多，失误就会越少，进步就会越快。

如果遇到领导当众批评你的情况，你会选择性地沉默不语，还是为自己辩解，又或者爆发出自己的脾气？不管哪种方式，都不是最好的。一言不发，没有任何回应，领导根本不知道你的想法，会让领导觉得你无能；为自己找理由辩解，领导会认为你没有担当，不能承担责任；直接爆发出自己的脾气，更是会影响到彼此之间的关系。

表扬需要技巧，批评是一种艺术。批评更是件得罪人的事情，得罪人的事谁愿意去做呢？会批评也是一门学问，更是一种能力。如果不是领导，不是上下级关系，批评是要讲究方法的。一个人到一家啤酒屋买一杯酒喝。老板只把酒杯倒了个半满就递给他。这个人接过酒杯喝了一口酒以后，认真地问老板——一个礼拜能卖多少桶酒。“35 桶。”老板回答。“我有个好主意——能使你的啤酒销量增长一倍。”顾客神秘地说。“噢？说来听听！”老板的热情劲儿上来了。“很简单。你只要每回倒酒的时候，把酒杯倒满就行了。”老板挠挠头，不好意思地笑了。

真诚的爱护、宝贵的支持，是批评的本意。其实，批评你的人一定是你生命中的贵人。为什么这么说？当受到突如其来、一头雾水的批评时，最需要的是你表现出豁达大度和诚恳接受的态度，切莫持怀疑、不满或顶撞的态度对待他人。批评和意见是“苦口良药”,真正要做到“拉下脸”去批评一个人一件事，其实也并不是件容易做到的事。跟你说几句心里话，指出你工作中或身上的不足，说明你还有需要改进的地方，批评你是为了你好，这样的人才是我们人生中的良师益友。

批评是换位的奖赏，批评也是珍贵的礼物。主动去和批评你的人交谈、交流、交心，听取意见，也许你会知道自己错在哪儿；受到批评时，用不着气馁，关键是要去正视，这是相信自己，也是信任别人的表现。这样做，才是你的高明之举。

多么痛的领悟

在漫漫的人生长路中，我们一路奔跑，一路在不停地思考。

昨天，打了个出租车，从色织厂到理想城，往日只需从幸福东大街一路向东，不用7分钟就到了。这次，发现司机绕远路，他从幸福东大街左拐到东宁路，从东宁路右转到新村路，再从新村路右转到大中路，多跑了2分钟，也多加了2元钱。

我本来想揭穿司机，后来想想还是算了。这个世界不是每个人，都想跟你多待一会儿的！

不是这样吗？人生大都是自己走，有人会陪你一程，但很少有人陪你一生。或许有一天，这个世界会变成你不认识的样子，但你不见得非得同一时刻生出另一副脸孔。

同样，也不见得所有的司机都是你遇到的模样。这也让我想起大洋洲的一个小故事。话说火车外面有一只黑羊，甲说：大洋洲的羊都是黑的！乙说：不对，只能说至少有一只大洋洲羊是黑的！旁边正好有一位数学家，说，你俩都不准确，正确的应该是至少有一只大洋洲羊，朝着火车的那一面是黑色的。

我们在拥有一定的逻辑思维能力以及足够渊博的知识时，才能看到事物的真相。有一句话叫，不知全面不予置评。如果你是个普通人，不要一下子被别人的思维带沟里，你唯一可以做的就是先静下心来，好好沉淀。

有很多人习惯把人生比作是行驶的公交车。这中途，有人上来，也有人下去，又有人再上来，在半途中很多人从你的旅程中离开，也有很多人半途进入你的旅程。看似很热闹，发生着许多美好和不美好的事。

每个人都有自己的宿命,都有自己要走的路。走过漫长岁月，经历是是非非，看过越来越多的人情冷暖后，终于懂得，沉默也是一种智慧。讨厌一个人，不必写在脸上；厌恶一个人，不必挂在嘴上。

看穿，何必揭穿呢？讨厌，又何必翻脸呢？有人说，聪明是天赋，善良是选择，而糊涂是一种本领。有些人，看透就行，不必说透；有些事，看穿就行，不必拆穿。谁好谁坏，谁真谁假，心里明白就好，不必嘴上热闹。

看穿不揭穿，是一种非常痛的领悟。

天下莫柔弱于水

“上善若水，水善利万物而不争。”是说做人要像水一样，帮助万物，默默不争。水，看似柔弱，无形无骨，却能有水滴石穿之力，广袤深邃之度，融会贯通之心。

人生就像水一样，越搅动越浑浊。停止搅动，才能重回清澈。不争辩，人就会少去很多的烦恼，活得自在而洒脱。不争辩是非，得大自在。

我给朋友说过一个故事：有一个大老板，生意失败了，就去投河自尽。他在河边想了很久，最后还是觉得人生毫无意义，于是找了一个制高点，从上面一跃而下，但因为是大冬天，河面有冰，他跳下去，恰好落在一块浮冰上，磕伤了膝盖骨，但人没有坠入河底，被闻讯赶来的人救了上来。后来，这个老板变成了一个瘸子，从此却变得更加坚强，慢慢从失败中走出来，重新过上了正常人的生活。

这个老板，就是我另外一个朋友。这个故事，他也讲了若干次。因为那块冰，让他领悟了一个道理：水本柔软，但变成了冰，却坚硬如磐石。做人，上善若水，无形也有形，无色也有色，软硬皆可，冷热都行。

生命的初始是柔软，可人们偏偏忘记柔软，一味用坚硬的铠甲，为自己遮风避雨，保驾护航。殊不知，温柔才是最坚硬的力量。天下莫柔弱于水，而坚强者莫之能胜。做人要像一杯水，灵动、包容、清澈。水，简单的一个字，却隐藏着人生的智慧。

水无色无味。水倒进杯盘碗盏中，便化作杯盘碗盏之形；水汇入江河湖海中，便化作江河湖海之形。它因器而变，遇圆则圆，逢方则方，直如刻线，曲可盘龙。水因机而动，因动而活，因活而进，故有无限生机。水，看似无形，实则却有更大的格局。格局越大，则心胸越广。

水不动则清，心不动则静。做人就要像水一样，心静人静，心清目明，别被欲望染得黑白不分，迷失了自我。做人当有水的风格，顺境中不骄傲自满，逆境中不妄自菲薄。大事上拿得出滴水穿石的韧性，小事上保持住润物无声的温柔。

“交流四水抱城斜，散作千溪遍万家。深处种菱浅种稻，不深不浅种荷花。”水，本清澈，无念；人，本善良，无为；心，本质洁，无心。做人如水，你高，我便退去，决不淹没你的优点；做人如水，你低，我便涌来，决不暴露你的缺陷。

做人，当如水，清清白白，问心无愧。

阳光透过指缝

时间顺着秋天的痕迹漫上脚背，潮水翻滚高涨，所谓的日子就这样被淹没了，一天又一天。

从什么时候开始，天气变得有些凉了？自己一直都没察觉。

阳光透过指缝，却依然刺眼，折射出一个动态的人生。每天，我们为了工作，为了生活，调动着身上的每一根神经，努力奔跑，跑出了加速度。

掌控工作与生活的节奏，真的很重要。如果学会张弛有度，调整好工作和生活的节奏，那么你定会收放自如。

有人说，工作是为了更好地生活，生活好了才有动力更好地工作。

有人说，我们努力工作，不仅仅因为工作可以让我们拥有更多的选择权，同时还让我们看到不一样的世界，拓展生命的宽度。

还有人说，因为工作能让我们的人生充实、内心丰盈，不至于空虚乏味。

工作只是生活的一部分，而非全部。无论我们做的是影响世界的大事，还是微不足道的小事，都要懂得，工作是为了更好地生活。与其执着于将二者划清界限，不如学会两者兼得。

工作时认真负责，生活时轻松享受。学会协调工作和生活，才不会因为一方失衡，而错过了生命的美好，给自己留下遗憾。

其实，我们每个人都有一片属于自己的荒漠，我们既是金子，亦是淘金者；我们既是种子，更是播种者。很多时候，我们成不了闪光的金子，但可以成为希望的种子。

金子好，种子也不错，工作、生活都重要。

恼人的秋风

人世间充满烦恼，烦恼即灰尘，所以叫尘世。千万不要拒绝烦恼，更不要抵触烦恼，唯有淡然面对。

公事跟家事发生冲突了，怎么办？

有人说，先公事后家事。陈一凡是某家具城一名定制家具设计师。忙碌了一天，再过几分钟就要下班了，此时，坐在电脑旁边的陈一凡，手一直在捋着头发，很是烦恼，可是他到现在还不知道如何解决明天的问题。因为刚刚他接到了新客户的预约电话，让他明天早上六点到他们的新家量房。可是陈一凡家里有特殊情况，曾祖母去世，明天一大早出殡，他是曾长孙，必须早到。这让陈一凡很为难，一边是公事，一边是家事。

陈一凡带着烦恼找到家具城的叶董事长，倾诉自己："我心里有很多放不下的人和事，所以感到苦恼。"叶董事长让他拿着一个茶杯，然后就往里面倒热水，一直倒到水溢出来。陈一凡被烫到了马上松开了手。叶董事长说："这个世界上没有什么事是放不下的，痛了，你自然就会放下。你的事也好解决，转个弯就可以做到两全其美了！"

人总觉得烦恼，只是庸人自扰，这都是主观心态的问题。烦恼的根源，全在自己，一念不通，就是烦恼；一念想通，就是智慧。困人之惑如潮水，波波退去去又涌。无论什么时候，把心态放平，就能解决烦恼，增长智慧。

一边是家事，一边是公事，如何取舍，有时真的有些纠结、为难。看怎么处理，其实也不难。恼人之事如秋风，阵阵复还还又来。前面的事刚顺利处理完，这一天，同样的事情又发生了。陈一凡接到了一个大客户的标的要约电话，让他明天上午十一点与其他几家公司同时到5000平方米的小城会客厅量房，并现场报价，这笔业务对公司太重要了。可是，丈母娘明天过六十岁整生日，上午才打来电话，特地让陈一凡明天上午十一点来做“大厨”，帮助做两桌生日宴，丈母娘还请了8个朋友。特别那几个姐妹，攀比自己的女婿很厉害，陈一凡要是不去，她的面子又何在？

喀尔文说：“只要我们能够坐下来，并且保持静默，生活中五分之四的烦恼就会不见了。”一颗浮躁的心，托不起岁月的厚重。这世界是一面镜子，每个人都可以在里面看见自己的影子。每个人都有自己的人生故事,每个人也都有不同的烦恼。面对此，陈一凡如何解决呢？

风声雨声读书声，声声入耳；家事国事天下事，事事关心。关系远近有三个层次。冯仑先生有个老大哥十多年前对他说，你得会办事，你得会懂人。事和人，怎么拿捏呢？老大哥说，你跟人交往的深度，有三个标准，第一个是公事，第二个叫私事，第三个叫家事。如果你跟他的关系只是公事，那只能公办。如果你跟他是私交，那就是说除了公事，你还有一些私人场合。

如果还有一些家事可以参与，那你再和他谈事情，就什么事都可以跟他谈了。

我们在日常生活中亦如此。有一句话说，烦恼本无根，不捡自然无。一切烦恼皆源于心，只有那些追随烦恼的人，才会为烦恼所追。其实换一种眼光看世界，这些烦恼对人生并不完全是消极的，有时反而是一种促进人成长的积极因素。

陈一凡经历了这几件事后，终于明白，很多时候与你真正过不去的，并不是事情本身，而是自己的内心。人生中发生了什么并不重要，重要的是你怎么去面对并能有效地解决它，这才是最重要的。

年 味

年已至，味正浓。

一方水土养一方人。无论走到哪里，我总是忘不了家的味道，忘不了家乡的气息，逢年过节更是如此！

走出家门，我慢车前行，放眼望去，大街小巷，张灯结彩，千家万户，正喜迎新年。那些红红的对联，红红的福字，红红的窗花，红红的灯笼，我知道那是新年的点缀和最美丽的标配。

“不知爆竹催年去，但怪屠苏到我迟。”今年过年的味道，我是百感交集，但快乐、热闹并没有缺席。夜色阑珊，我看到灯火里到处是平安团圆的祈愿，街市上熙熙攘攘，来往喧闹。在一片红红火火的氛围里，兔年春节的仪式感被装点得分外出彩。

我想，如果一年的日子是一本好看的线装书，春节便是那色彩斑斓的封面。封面上一定画着千家万户喜气洋洋的笑脸，画着大街上锣鼓秧歌的喧闹，画着烟花爆竹绽放的绚丽，更画满了中国人丰富多彩的年味。

过年也意味着除旧迎新，伴随着春节的脚步，开启新的征途。在喧嚣拥挤的小城中，我内心深处总是恪守着一块小小的心岸，让她成为我奔波忙碌之后的一个快乐驿站。静下心来，我总是慢慢地去品味，去感悟，打开尘封已久的记忆，轻轻地俯下身子，我会时不时听听自己的心跳，放飞我自由的心绪。

过年了，对于我来说，是记忆，是念旧，更多的是对美好未来的向往。随着时光流逝，我感受到了岁月的飞逝，一种想要留住什么的渴望，瞬间让我分外怀念无忧无虑的童年时光，怀念经常串门的亲戚，怀念那些纯真的儿时感情，怀念过去的所有。

小时候，我总是盼望着过年。因为过年有新衣服穿，有压岁钱花，有鞭炮放，有好多好吃的，可以尽情地玩耍，不用做作业，还不用干家务。

记得儿时浓厚的过年气息，是从我爷爷点燃爆竹的第一个声响开始的，每一年春节的到来，我那股儿盼望的心情甭提有多么急切了，过年真好。

春节，就这样悄然而至，又这样渐行渐远。春节，是春天的节日，此时，我自己总是问我自己：春天何其多，属于我的春天有几何？春天把希望给世界，我给春天带来了什么？

年年过年，今又过年。今年是2023年，与去年的2022年不同。沉浸在疫情后时代第一个新春的美好氛围中，我心里更有几分喜乐，几分舒惬，几分渴盼，几分憧憬。满载着欣喜与希冀，甜甜的，美美的，我尽情地享受那充满仪式感、充满神秘色彩和充满万千祈盼的一年中最难得的美好。

大地生辉，旌旗炫彩。我以为，年是风，年是气，年是运，年是吐着热气的呼吸，年是倒贴的福字，年是热腾腾馒头上的鲜艳红点，年把问候和祝福捎给每一盏不眠的灯花，年把温馨和感动送进每一扇敞开的心扉。

开心的年！特别的年！希望的年！

新的一年，新的征程，对于我来说，多的是一分珍惜，多的是一分感动，多的是一分动力，多的还有一分是进取。

心底的光

《误杀 2》上映，影片告诉我们永远不要低估父爱的力量。

黎明破晓的曙光之所以珍贵，是因为它熬过了漫漫长夜，穿破了无边黑暗。

有时真相远比你想象得残酷，但我们仍然期待光明，相信美好！

萤火之光，蕴藏巨大能量，困境当前，家人是唯一的光亮。

《误杀 2》电影真实又感人。说它真实，体现在围绕两位父亲爱子如山、不惜一切代价铤而走险，救子于危难时刻。这里有权钱交易的利益链条；有医生面对权势的无能为力；有女记者冲到一线不畏牺牲，力求报道实情的揪心场面；还有老警察一身正气，现场传授徒弟如何衡量职业底线和仕途天平。说它感人，同样是父亲，一位是市长身份，一位是普通编剧，权力地位悬殊，但救子的心切都是一样的。一个个生动的人物形象，感人至深！男主角的表演太动人了，完全演绎出了一位为孩子奋不顾身的父亲形象。

《误杀 2》的结局其实是可以猜到的，但是却猜不到林日朗爆发出来的那份父爱会给我带来如此震撼的感受。林日朗最后的抉择，体现了一位父亲愿意为孩子付出一切的决心。

这份决心让人震撼，让人感动，也让人共情。在我们的真实生活中，有太多父亲像林日朗那样，为了孩子，为了家庭，甘愿默默地承受和付出。

坦白地讲，放在几年前看这部电影，我可能很难产生共情。但随着年岁的增长，我发现自己越来越容易从生活中的一些细节里体会到父母亲情的爱，也越来越容易在讲述父母亲情之爱的影视作品中收获到某种触动。

就像这部《误杀 2》，以前我会觉得它不过是一部完成度很好的类型片，但现在却会从男主角饰演的林日朗身上生发出关于父爱的共情。

在片中，林日朗是一个不太成功的编剧，写的剧本被甲方要求修改，籍籍无名，也没挣什么钱；但他却算得上是一个合格的父亲，平时都会花时间给儿子以陪伴，陪着他踢球，陪着他玩耍，看儿子的眼神里，写满了爱。

当他的儿子突遭疾病，急需做心脏手术的时候，他会拼了命地去挣钱，只为给孩子争得一个机会。可在社会现实面前，这位普通的父亲难以对抗那些有权有势有财富的人，无可奈何的他选择了铤而走险，甚至不惜付出自己的生命去延续儿子的生命……

可以说，林日朗是一个很普通的人物，但这个普通的人物却展现了极不普通的父爱，让我们可以从他身上看到父爱的伟大，也可以从他的付出之中收获到触及心弦的感动。

从类型片的角度而言，《误杀 2》是一部成熟的作品：它叙事流畅，节奏明快，人物都有着鲜明的特点，情感表达十分真切且接地气，整部电影既有扣人心弦的紧张时刻，又有令人动容的感动时刻，属于当年贺岁档里观感最为酣畅淋漓的电影之一。

但我相信，大多数观众在看完这部电影之后，都会对片中关于父爱的表达留下最为深刻的印象。

林日朗拼了命地做各种工作、铤而走险地劫持医院以及最后那个惊人之举，其实都是为了他的儿子，所有行为动机都源于一位父亲对孩子的爱。

或许他的一些行为显得有点过激，一旦我们设身处地去考虑他面对的困境，那些无法跨越的壁垒，那些难以对抗的力量，我们就能理解他的这份爱是有多不容易。

此外，老警探张正义这个角色，起初对女儿的婚恋选择存在意见，到了后面却有了新的改变，其实表现的就是一个父亲平时因为工作繁忙而对女儿缺乏了解。他面临的困境是陪伴的缺失，但贯穿其中的，也是父亲对女儿的一份爱。还有龙丹这个角色，某种程度上背负了底层民众对立面的角色形象，但他的目的也是出于一个父亲对孩子的爱的表达。

也正是从这些父亲身份延展出来的对父爱的表达，让《误杀 2》具备了褒扬父爱的价值，同时也让观众对父爱有了更为丰富的理解。

我们常说“父爱如山”，意味着中国式父爱的表达往往是含蓄的，但是所包裹的爱意却是深沉的、厚重的。我们在生活中要学会多去体会父亲的这份爱，从一些细节当中去感受，然后试着多寻找一些机会去表达一种谢意，回馈以更为饱满的爱。

在我看来，《误杀 2》强调的父爱，并不只是一个噱头，而是真正的情感表达。它在片尾打出的那句“献给我们的父亲”，会在我们心间荡漾出共鸣，因为它确实让我们能够从中感受到父爱的伟大之处。

直面人性冲突，延续爱与羁绊。父爱就像一道光，照亮心底的黑暗。

世界万物皆离不开光，有光的地方就有希望。

道术合一

卖辣椒的人，每天都面对着这样一个似乎无解的提问："这辣椒辣吗？"无论回答辣或不辣，理论上都会失去一半的客户。一般来说，农户菜地里长的就是一个辣椒品种，要么辣，要么不辣。买主的询问，仿佛是在探寻生活的奥秘，因为答案既关乎口味，又关乎选择。

我曾亲眼见证，一位大爷如何在平凡中展现智慧，用一句句简单的话语，解答了这个似乎无解的问题。

那天，阳光正好，我站在大爷的三轮车旁，看着买主接连而至，他却不慌不忙。有人问："这辣椒辣吗？"他微笑回答："颜色深的辣，颜色浅的不辣。"买主满意地挑选，然后离去。接着，又有买主问同样的问题，他又说："长的辣，短的不辣。"每次回答，都让人信服，辣椒也在这对话中逐渐售罄。

最后，当剩下的都是深颜色的短辣椒时，他依然从容不迫，回答说："硬皮的辣，软皮的不辣。"这一回答，更是将他的智慧推向了高潮。

君子爱财，取之有道。卖辣椒的大爷，用他的方式诠释了什么是真正的"道"和"术"。

辣椒辣不辣是个哲学问题。我说，哲学是个好东西。什么是有用？什么是无用？有用未必是真用，无用往往是大用、是妙用。

作家余秋雨去雅典文学院访问，哲学博士贝尼特女士友好地接待了他。

余秋雨问她："在您的希腊学生中，对中国哲学感兴趣的多不多？"得到的回答是："越来越多，但，又越来越趋向着实用，学周易是为了看风水，学道家是为了练气功！"

在中国也向来如此。兴盛的是术，寂寞的是道，因此就出现了学者的责任。但是，弘道的学者也永远是少数。

我在读《道德经》时，总在思考这样一个问题：有道无术，术尚可求也，这是当然的；有术无道，止于术，这是必然的。

道德高尚和修养良好的人，即使没有术法计谋，还是可以去学习的，但一个只有术法计谋，品德却低劣的人，只能止步于当前的成就，不会再进一步，且会受到世人的排挤和唾弃。

在曹操的众多谋士中，有这样一个特殊的存在：他功劳很大，脾气很小，虽奇谋妙计百出，却从不自言有功；他智冠天下，洞悉形势，却独独以"愚"立身，以"拙"处世；他就是曹操的"谋主"——荀攸。

史书中，荀攸在曹营谋臣中的地位与作用，仅次于荀彧。如果说荀彧是坐镇后方的萧何，那荀攸便是运筹帷幄的张良。在曹操统一北方的过程中，荀攸才是其智谋团的首席谋士，甚至可以说，他是官渡之战的总设计师。然而，他却只管付出，不求名利，心怀锦绣，貌若不足，以至于很少有人知道他的功劳。

或许这就是荀攸，事了拂衣去，深藏身与名。

如果说荀攸的“智”是“术”，那他的“愚”便是“道”。

“道”与“术”用在茶上亦然。从前，有一位茶道大师，他的茶艺高超，备受赞誉。一天，一位年轻人前来拜访他，希望学习茶道。大师微笑着说：“年轻人，你想学习茶道，首先要明白什么是道，什么是术。道是茶道的哲学，是茶的精神内涵；术是茶道的技巧，是茶的外在表现。只有掌握了道，才能真正掌握术。”

年轻人听后，开始用心品茶，用心去感受茶的韵味。他发现，每一杯茶都有不同的味道，每一种味道都有不同的感受。他开始明白，茶道并不是简单的泡茶、品茶，而是一种内心的修养，一种对生活的态度。

做人也一样。人生如逆旅，我亦是行人。大多数人终其一生不断追求着什么？或者说他们的行为有着什么目的？是能够满足欲望的金钱、名利、权势，还是面子？又有多少人经营着像卖辣椒大爷的那种心安理得的道术？

人生有术无道，止于道；有道无术，术可再修。人们每天的行程都是满满的，看似无可替代，那是在生存逻辑的驱动下，让自己获得更多的生存空间。在其中有着太多的艰难与痛苦。艰难意味着阻碍与冲突，这是“术”。而是否能够获取到愉悦感受，那才是“道”。

道、术合二为一，才是正道。我读《月亮与六便士》一书，感触颇多。人世间，有太多的人只是抬头看了一下月亮，并继续追逐着赖以生存的六便士。六便士固然重要，月亮也很重要。在物质世界与精神世界的关系里，最好的关系应取于中庸之道。忘记了道的修行，必定会让贪嗔痴之妄念占据上风。

不学巧伪，不争名利，内藏聪明，外显浑厚，道术合一，以躁世中的沉默，守护内心的淡泊，这才是真正的智者。

与自由共舞

春意正浓，气温渐暖，阳光如同诗人笔下的柔情篇章，轻轻洒向大地的每一寸角落。

此刻，露营的时节已悄然而至。我，背上行囊，怀揣着对自然的无尽向往，踏上了这片低平原的户外露营之旅。

脚下的大地仿佛沐浴在春日的温情中，释放出一种清新而醉人的气息。我漫步在绿意盎然的小径上，每一步都如同在谱写快乐的旋律。四周的树木郁郁葱葱，宛如绿色的海洋，枝头的鸟儿欢快地鸣唱，仿佛在为我奏响一曲自然的赞歌。

抵达露营地，我迅速搭建起帐篷，铺开野餐垫，一切准备就绪。静坐其中，我静静欣赏着四周的景致。近处，一条小溪清澈见底，溪水潺潺，仿佛在诉说着大自然的神秘故事。远处，连绵的树林宛如大地的守护者，静静地守护着这片净土。

午后的时光，我慵懒地躺在野餐垫上，任由阳光洒落在身上。斑驳的光影在树叶间穿梭，为我披上了一层金色的轻纱。闭上眼睛，我聆听风吹过树叶的沙沙声，感受着大自然的呼吸与脉动。在这一刻，我仿佛与大自然融为一体，所有的烦恼与忧虑都随风飘散。

突然，一阵欢快的笑声打破了午后的宁静。睁开眼睛，我看到一群孩子在小溪边嬉戏玩耍。他们的笑声如同清脆的银铃，在麦浪间回荡。我起身走向他们，加入了他们的游戏，仿佛回到了那个无忧无虑的童年时光。

傍晚时分，营地的篝火被点燃，火光在夜色中跳跃，温暖而明亮。有人拿出吉他，轻轻弹奏起悠扬的曲调。火光、音乐、笑声交织在一起，构成了一幅温馨而美好的画面。沉浸在这份美好中，我仿佛忘记了时间的流逝。

夜深了，躺在帐篷里，我仰望星空。夜空中繁星点点，宛如一颗颗闪烁的宝石。我闭上眼睛,感受着大自然的怀抱与温暖。在这一刻，我深深地体会到大自然的魅力与神奇。它不仅能让我忘却尘世的纷扰，还能找回内心的平静与安宁。

此刻的我，仿佛与大自然融为了一体，共同呼吸着这片土地的气息。我深深地吸了一口气，仿佛要将这份美好永远留在心底。

与生活和解，与自由共舞。生活不只有柴米油盐的琐碎，更有大自然的神奇与美丽。我想,我们有时候缺少的并不是时间，而是一颗敢于放胆去野的心。这次低平原户外露营的经历，让我更加深刻地感受到了大自然的魅力与神奇，它将成为我人生中难以忘怀的一页。

离开露营地的那一刻,我回首望去,只见树林依旧郁郁葱葱，溪水依旧潺潺流淌；它们仿佛在向我挥手告别，而我心中则充满了感激与期待。

说走就走，是人生最华美的奢侈，也是最灿烂的自由。

背起行囊，踏上归途，我心中满载着大自然赐予的美好回忆，期待着下一次的与自由共舞。

第三辑

独有禅师不出房

独有禅师不出房

还没到三伏天，天气就渐渐地热了起来。连续几日的高温，让人有些难受。此刻，我想起老家那把草黄的旧蒲扇。一把蒲扇可以赶走夏天的炎热，那么什么东西才可以赶走人生的痛苦呢？我说是内心的平和。

小时候，我家里住的是茅草屋。小暑大暑，上蒸下煮。消夏，连电风扇都没有。蚊虫肆虐，空气闷热，兄妹三个头顶一片旧苇席，四处寻找有风的去处。每个人手里摇着蒲扇，扇风驱蚊，散热解暑。大人们不放心，亦步亦趋跟着我们这帮孩子。母亲总是那句老话，反反复复地叮咛："心静自然凉！"

"心静自然凉！"这句话虽是出自母亲的口，但是意蕴深远。据说诗人白居易去拜访恒寂禅师，当日天气酷热，却见恒寂禅师静坐于禅房。白居易感到疑惑，问道："禅师！这里好热，怎不换个清凉的地方？"恒寂禅师却说："我觉得这里很凉快啊！"白居易深悟之后，遂作诗一首："人人避暑走如狂，独有禅师不出房。可是禅房无热到，但能心静即身凉。"静脱于繁华，心静了，心中自然有不一样的风景。

白岩松曾说："外在所有的声音，如果能够影响你，是因为你的内心，没有自己的主见。"我深以为然。郑板桥，清代著名的书画家。他的家与我老家仅仅是一河之隔。听老人们讲，当郑板桥只是一个无名之辈时，就立下了练好书法的志向。他静下心来，独自一个人在书房中练字，经过一个又一个昼夜，写烂了一支又一支毛笔，写满的宣纸堆积成了山，积累的技巧有千千万万，最终创造出了自己的“六分半”书体，成为当时享有盛誉的书法家之一。试想，如果郑板桥没有远离世俗，没有达到忘我的境界，他又怎么会创立自己的板桥书法？孤独就像他手中的笔,浸染了一张张宣纸,印证了他的成功。郑板桥的“吃亏是福”和“难得糊涂”处世智慧，让我一生受用。

一个人不但要有知识，更要有智慧，因为智慧可以带给我们光明。我读陈继儒的《小窗幽记》，极喜欢里面有一句“闭门即是深山，读书随处净土”。上句意思是说关门闭户，与外界嘈杂隔开，就像隐居深山，清净自得。当然了，这里的深山未必就是荒山野岭，而在于强调内心的古朴安适。下句说读书才能远离喧嚣，守得一方净土。净土即清净的地方，清净世界，没有尘世的污染。深山虽远，净土在心。

“一灯能破千年暗，一智能灭万年愚。”我读山水诗鼻祖谢灵运的《净土咏》：“净土一何妙，来者皆菁英。”这也在强调灵魂干净透彻。这些其实都是关于修身养性方面的。深山固然寂寥，读书固然孤独，如果修得一颗澄明之心，即使门户大开，俗世之人也不能把你熏染。书一打开,便仿佛进入另外一个桃源世界。大门一关，一切纷争都与我无关了。随着年岁稍长，我更明白了这个道理。其实颜如玉不来，黄金屋不至，个人的修养和气质却提升了。

读不读书区别在哪里？囿于一室，一盏孤灯，一卷文字，一缕月色，一杯香茗，我感受到的是寂寞还是宁静呢？“懂得通融，方能从容。”我的老师胡春延告诉我：“若心不静，即使身处桃源，也照样忧愁烦恼。心静了，哪怕身处闹市，也能悠然自得，不为世俗所累。”真正的平静，不是避开车马喧嚣，而是在心中修篱种菊。

出门也可遇深山。每次我出外旅行时，总会联想到《美国往事》这部电影。它讲述了主人公在跨越几十年的人生经历中，所遇到的各种挫折、改变和际遇。男主性格的塑造和他的成长历程，让人明白，有时候我们无法掌控生活中的变数，但我们可以通过旅行的方式尝试找回内心的自由和斑斓。回想起过去，我的内心是不平静的，有时候一味在乎世俗的眼光，计较自己的得失，顾虑面子和荣辱，而放慢了脚步，削弱了意志，甚至放弃自己的人生追求。现在反省自己，母亲的一声“心静自然凉”还没有真正领悟。生而为人，未来更多的时候，我是不是可以关闭自己的耳朵和嘴巴，忽略别人的些许“忠告”，不理会他人的半点误解和议论，排除干扰和噪音，认准既定目标，保持向前的姿态，从容坚定地向前走。这样可好？

乘坐飞机时，我们每个乘客的手机都要切断通信讯号，避免飞行受到干扰，这就是飞行模式。同样，我的生活，亦需要适时开启屏蔽干扰的功能。外界喧嚣嘈杂，不是所有的声音都值得放在心上的，不是所有的人都值得去在意的。心静了，自然凉。这样想来，我的心也安稳得多了。

一把蒲扇可以赶走夏天的热气，也能带给我内心一丝凉意。心静了，方能听见自己的声音；心清了，才能看见万物的实性。这就是“不出房”的禅师们的“独有”睿智！

半亩方塘一鉴开

做《学习强国》挑战答题，老出现“半两钱”三个字。我在想“半两钱”有意义吗？当然。

秦始皇统一中国后，以“半两钱”为全国统一的铸币。秦半两以“圆形方孔”为型，象征着古代天圆地方的宇宙观。

小时候学西方“日心说”，说地球绕着太阳转，月亮绕着地球转，地球同时也在自转。然后，听到“天圆地方”这个词，我觉得古人真是不够聪明，怎么能认为大地是矩形呢？尤其看到铜钱，圆圆的，有个方孔。有一天，我来到北京的天坛和地坛，看到一个圆一个方，更是证明了我的猜测。于是乎，我好像明白了一个道理：人生有半两钱，就已经足够了！

光阴总是交替得如此匆忙，转身眨眼间便是季节的轮换。我的脚每天在踏过人生的天圆地方，有时蓦然回首，却发现半生中有许多故事已经发生了一半，还有一半故事正在发生。我问我自己：“圆满吗？”

相对于圆满而言，我的人生告诉我，“半”是令人遗憾的一种缺失。因为，水满则溢，月盈则亏。万事只求半称心，如此知足，方得常乐。真正圆满的人生，正是“一半加一半”。

为什么这么说？我觉得“半”字的妙处，在于只求“一半”

称心，便得知足，方能常乐，只要稍加用心，我发现生活处处充满“半”的智慧。

1998 年，我去杭州旅游，看到灵隐寺内挂着这样一副对联：人生哪能多如意,万事只求半称心。所谓的“半称心”,就是“知足常乐”，得意不张狂，失意不沮丧，不患得患失，随遇而安。正如林语堂先生所说，这是“中国人所发现的最健全的生活理想”。确实是这样。人生不如意之事十有八九。常想一二，不思八九，事事才如意。路留一步，味让三分。半，才是真正的生活态度、心灵状态、人生智慧和处世哲学。

“半亩方塘一鉴开，天光云影共徘徊。”我有时劝慰朋友，万事只求半称心。我劝慰朋友的同时，也开导自己，“半称心”并非消极无奈，而是一种人到中年后的豁达与智慧。

万事只求半称心，这不是玩世，而是求是。

妙手偶得

新鲜出炉的全国“新高考”I卷语文科目作文题为一则关于围棋术语“本手”“妙手”“俗手”的材料，可谓意蕴丰厚，颇具新意，能够激发出各种思想发散的灵光。

从围棋本身讲，“本手”字面意思为本分的一手，常常形容在棋局当下选择中庸的一手,但中庸并不等同于“平庸”;“俗手”意为庸俗的一手，但在某些情况下反而有可能成为当下最好的选择;“妙手”意为卓越的一手，可遇不可求。

从学生角度看，本手是指合乎学生的正常答卷水平，大多数“会”;妙手是指出人意料地超常发挥本人水平,也可以说“全会”;俗手是指貌似合理，而从全局看通常是学生挂科卷，大多数“不会”。

从工作人员角度看，本手就是工作领域的基本功，妙手就是在工作中创新，俗手就是在工作中出错。只有把基本功练扎实了，才能做好本职工作，才能在工作中有所创新，所有的创新是基于扎实的基本功上的，是基本功的升华。没有扎实的基本功，想着走捷径，是不能成功的。

从经济角度看，提振经济要立足“本手”、下出“妙手”、力戒“俗手”。

从人生角度来看，人生如棋，棋如人生。

人生也一定有平淡，有高峰，有低谷。况且你觉得下出妙手暗自得意，在别人眼里可能是俗手；你下了俗手也许引出了对手的恶手。所以，人生和围棋一样，保持乐观向上的慕道精神，做最好的自己，不管是妙手还是俗手，放平心态，走好每一步，下自己满意的一手。

从其他任何角度看，本手是基础，妙手是创造。一般来说，对本手理解深刻，才可能出现妙手；否则，难免下出俗手。

下棋，讲究的是心平气和，沉着冷静，但又杀伐果断。正如弈星说的："方寸棋盘，便是我的天地！"拥有自信，便能无所畏惧。

世外桃源

四季风景变换，尘世攘来熙往。

“秋风起兮白云飞，草木黄落兮雁南归。”秋深处，落叶随风飘零于水流中，动荡不安，和水中的静默石头，相映成趣。此时，远离城市的喧嚣，没有了高山森林的寂寥，只有一份静谧朦胧的美好。有人说，在这树和水的边上，一定有一个秋日的世外桃源。

人生如花，淡者香。来到桃源渡口，一幅“桥畔一亭、渡边一院、一泓碧水穿百亩良田，乡间小路连十里人家”的水乡风景画映入眼帘。花的颜色越浅，香味越浓；颜色越深，香味越淡。厚德的一个很重要的内涵就是“居其实，不居其华，心有定力”。心有定力的人，守着初心，守着梦想，并会守住美好的未来。做人，当做一个心有定力的人，用心定去应对世间的喧嚣和杂乱，用心定去抵抗前行的诱惑和迷茫，用心定为自己创造一个安宁的世外桃源，寻一条通往有价值的取经之路。

“人能够凝炼成一颗石子，潜伏见底，让时光像水一般在身上湍急而过，自己只知身在水中，不觉水流。”这就是杨绛先生的世外桃源，她的厚德做人，很值得我们学习。厚德是福，做人厚道，方能得到别人的尊重。做人，当凝炼成一块石头，具有自身的重量，有自己的立场，在每一个命运的关口，不随风摇摆，也不人云亦云，沉默而低调，谦卑而厚重。

其实，真正的世外桃源并不存在。因为不完美，所以才有了那么多人对完美的渴望。我个人认为，守得住初心，经得起折腾，才能创造自己心中的那片世外桃源。

“路绕匡庐更南去，悬知是处可忘忧。”做一个心有定力埋头赶路的人，虽然看似辛苦，其实边走边看更是一种享受。生活的真正内涵就在其中。

煮一壶“心安”的茶

旅行就是奔赴远方，遇见诗意，而“围炉煮茶”则提供了另一种可能，即使不去远方，也有诗意。

近日何小兵先生在《学习强国》平台上发文，描述民宿村“围炉煮茶”的新阵势，引起了我的关注。

露天小院、古朴木桌、桌上泥炉、炉上茶壶，彩色陶瓷盘里盛着丰富小食，竹编篮筐装着新鲜水果。院里桂花树泛着香气，腊梅含苞待放。一把陶壶摆在烤网中间，微火慢煮，茶香扑鼻。烤网外围，摆着年糕、红薯、花生、橘子……三五知己，围炉而坐，悠然自得。这样的场景，眼下在宜兴市洑西村的多家民宿集中呈现。

“红焙浅瓯新火活，龙团小碾斗晴窗。”这股“围炉煮茶”热，将传统的煮茶融入了时兴的网红元素，让喝茶的形式变得丰富有趣，也让曾经“咖啡不离手”的人体验到不一样的茶文化。这也令我想起唐朝诗人白居易的诗句：“绿蚁新醅酒，红泥小火炉。晚来天欲雪，能饮一杯无？”同样，南宋画家马远《寒岩积雪图》描绘的就是古人“围炉煮茶”的情景。冬日虽寒冷萧瑟，但用雪煮茶的浪漫，也能温暖整个冬天。“捧雪壶里煮，焚香炉边坐；待到水沸时，杯中荡西湖。”这是诗词爱好者袁学尹先生的冬日世界。

“围炉煮茶”历史悠久，中国古代称之为茶宴，是朋友间以茶为宴席的一种品茗清谈之举，曾被视为文人骚客社交、寄情抒怀的表征。“寒夜客来茶当酒，竹炉汤沸火初红。”2022 年 11 月 29 日，“中国传统制茶技艺及其相关习俗”成功列入联合国教科文组织人类非物质文化遗产名录，“围炉煮茶”成为冬季颇受人们追捧的新玩法。围炉夜话，这分优雅，也被今天的人完美传承了下来。

茶，讲究的是“一杯一盏品人生”。茶文化真正令人着迷的是一半烟火、一半诗意的中式慢生活。中国人喝茶是一种生活习惯，也是一种社交方式；是一种文化传承，也是一个文明符号。“围炉煮茶”之所以能在现代人中流行，这与人们追求传统文化、返璞归真有关，更能让人体验岁月静好。

“围炉煮茶”是现代的，也是传统的。有人说，冬天过于简单，一条枯枝影，一片雪花白，寒里日光淡淡，简单得甚至有些苍白。其实，生命的底色又何尝不是如此？褪去繁华喧嚣，越简单，越丰盈。“围炉煮茶”在于其折射的“仪式感消费”与不同群体的消费理念相匹配。

四季总是如此不急不缓，以岁月迁流警策着修行之人。在冬日时节，若能与三五好友“围炉煮茶”，为灵魂增温，过着简单的小日子，那是何等地惬意与温暖！

茶香袅袅，烟火氤氲。再朴素的日子，也可以过得闪闪发光。“围炉煮茶”，煮的是冬日情怀，煮的也是人之心安。

握紧方向盘

前进的理由只要一个，后退的理由却有一百个。

有人手拿驾照不敢开？遇到车流就发慌？倒车入库老大难？

北京某汽车陪练公司是一家专业的、正规的汽车陪练公司，致力于提升每位学员的驾驶技术，多次获得“标杆商家”等称号。每一个上车的学员，陪练都会友情提醒：“再好的陪练，都不如自己紧握方向盘，自己开着向前走，你只有认真练，勤奋练，加油练，真正掌握了驾驶技巧，才会有你永远的高速路。”

是的，再好的车，只要握住方向盘上的那个人不是你，你永远感受不来它的酷炫，永远没法体验它给你带来的那种优越感。

坐在副驾驶上的你，也永远感受不到飞驰时的欢快，无法理解慢慢加油门时的悠然。

只是因为你会开车，所以你不仅仅比别人多了一项技能，你更是比别人早一步踏进“成功”的大门。

人生的路上，就算有人开车载你，你自己的车库里也要停一辆自己的车。自己有车，心安，如遇急事，最好的办法是自己求自己，自己靠自己。

同样的道理，生活中就算有人为你带了充电宝，你也要自己备根充电线；就算有人给你信用卡随便刷，你也要充实自己的钱包；就算父母有能力养你一辈子，你也要找一份工作，规划好未来的世界，储备好将来要用的能量。爹有娘有不如自己有，两口子有时还隔着手，唯有自己努力，让自己真正拥有属于自己的一亩三分地，那才是你的自豪。

鞋合不合适，脚知道。如果你总是依赖别人，那么结果就是慢慢丧失了独立生存能力，到最后，你也会发现人生的每一个最艰难的时刻，都是自己一个人挺过来的。

人生没有奇迹，只有你努力的轨迹；没有运气，只有你坚持的勇气。每一份收获，都来自你坚持不懈的努力；每一份汗水，都是你成功的积累。只要相信自己，坚持不懈，总会遇到惊喜。

再厉害的副驾驶，都不如自己手中紧握方向盘。

渡口与归舟

网名为“糊涂世界 i”的网友，借用了他的同乡唐老的话，表达了对这个社会的一些认识。

大体意思是这样的：当下的人们痛恨贪官，又拼命报考公务员；他们骂垄断，又往高薪单位钻；他们讥讽不正之风，自己却又忙着找关系。他们愤怒，不是因为不公平，而是总觉得自己处在不公平中的不利位置，他们不是想消灭这种不公平，而是想让自己处在不公平中的有利位置。这种骨子里的自私，才是真实的人性。年轻人无论考公务员也好，进企业也罢，还有创业的也行，参加工作以后如愿了是更好，不如意也千万不要怨天尤人。

生命有不同的追求。有人向往平淡的生活，有人心怀远大的理想；有人深切渴望的终点，却只是某些人的起点。有些事，老天让你做不成，是对你的爱护，失去了、错过了、结束了，别抱怨、别生气。你以为的错过、遗憾，其实也可能是躲过一劫。得到未必是福，失去未必是祸。老天、上帝那是假的，自己才是真的。凡事要有度，切莫过了头。善良过了头就成了软弱，老实过了头就成了迂腐，自信过了头就成了狂妄，理想过了头就成了空想，谦虚过了头就成了虚伪。

我听说一个故事，很有意思。“乡村食铺”这个饭店，张军经营了十年，因为靠着一处5A级的风景区，生意一直很好，和房东一直相处得也不错。这一年，店面即将到期的时候，他找到房东跟他商量续签的问题，结果没想到房东说要涨价，而且是翻倍地涨，很是离谱，他好话说尽，房东一改平日里的面孔，态度强硬说：“要不你就按我提的价格续租，要不你就搬走。”他实在没有办法了，因为价高，实在太高，再者也想回家好好陪陪年迈的父母，于是安置好一切回老家陪老人安享天伦之乐。

后来才知道，原来是房东的一位亲戚看他在此经营得风生水起，就想利用他创造下的条件，继续利用此店面开饭店。天有不测风云，人算不如天算。房东的亲戚刚接手不久，疫情突发，景区紧急关闭，没有游客自然也没有了生意，房东的亲戚亏损严重。他听说后，并没有幸灾乐祸，只是在心里很感谢房东刁难他，才能让他全身而退，要不然亏损严重的就是他自己了。“塞翁失马，焉知非福”，古人早就说过这个道理。

人生，各有渡口，各有归舟，不必强求，也无需挽留。有缘躲不开，无缘碰不到，缘起则聚，缘尽则散。这次的失败可能是上天为了让你停下来，仔细想想再做决定，再观望观望以后事情的发展。也许是对你之前做错事的责罚，也许是你下次机会到来的铺垫。其实你遇到的所有阻碍挫折，并不是上天在有意为难你，他只是在好心善意地提醒你，你错了，你需要在合适的位置拐一个弯或是调转方向。

好事总会发生，还没见到光，你要坚持下去，用自己的光照亮自己的路。好好生活，这世间所有的安排都有他的道理，失之东隅，收之桑榆。对已有的东西不必执着，对没有的东西不必奢求，人生有一点点甜，也有一点点苦，有一点点好，也有一点点坏，有一点点希望，也有一点点无奈，生活才会更生动、更美好、更韵味悠长。

在半阕光阴里徜徉

大清早，去看望住院的施建豪先生。其笑容可掬，淡看一切，小病大幸，非常好。

一个人最好的生存状态是，该工作时勤奋工作，该看书时专注阅读，该娱乐时尽情享受；看见优秀的人乐于欣赏，遇到落魄的人不轻视；有自己的小生活和小情趣，用心改变世界，努力活出自己。

施先生就是这样的人。网友说，红尘烟火，流年清欢，在半阕光阴里徜徉，在几剪月色里写意年华。这是诗意生活。生活最好状态，莫过于一半烟火，一半清欢，一半诗意，一半从容。

其实，风雨中送伞的，寒冷中送暖的，还有那些一见面就感动、一陪伴就动情的人，当你回头再看，这些人还在，这些感情一直没变。也许这是世界上最稀有、最幸福的事。我们经常讲，岁月的交替，季节的轮转，唯一不变的是什么？是对生活的热爱只增不减，尽管生活中有许多的困惑与烦恼，但并不阻碍我们对生活的追求与执着。

做最真实的自己其实非常难。不管你活成什么样子，总有人喜欢你，也总有人不喜欢你。但你最重要的就是活出真实的自己，成为自己想要的样子。无论生活多么繁杂琐碎，都能在清浅的岁月里保持一分淡定从容。这是从施先生身上表现出的最可贵的地方，他有着丰富的精神世界，总能在平淡琐碎中找到属于自己的清欢。

最理想的生活，不过就是身心安定，于烟火凡尘中觅得一分属于自己的清欢。

六尺巷与水中天

记得有一年，我出差到安徽桐城，特意来到其西南一隅的六尺巷转了一圈，看看张吴两家共用的巷子，感受一下六尺巷带给世人的人生况味。

巷子不长，长仅100米左右，宽大约2米，由鹅卵石铺就，青砖黛瓦,墙外两旁植香樟,笔直而幽邃,古朴而厚重。漫步巷中，我感受到历史的画卷在眼前默默展开。康熙年间，墙的北面是吴家，墙的南面是张家，而如今，吴家张家均不见，唯见小巷人气升！巷道的两端立着石牌坊，牌坊上刻着“礼让”二字。

“让他三尺又何妨”出自康熙年间礼部尚书张英的让墙故事。清康熙年间，礼部尚书张英在安徽桐城老家的人与邻姓吴家为宅基地闹得剑拔弩张，势不两立，于是写信给张英寻求支持。张英的回信却是一首高风亮节的“退让诗”：“千里修书只为墙，让他三尺又何妨？万里长城今犹在，不见当年秦始皇。”位高权重而不以势压人，反倒先退让三尺。这举动自然感动了吴家，也退让了三尺，干戈化为玉帛，一退泯灭恩仇。

今早，我再读《让墙诗》，更深刻地感悟到了“路窄留一步让人过，味浓减三口让人尝。处事让一步为高，待人宽一分是福”的道理。退一步走出人生的天宽地厚，退一步走进人生的高山白云。前进与后退，是辩证关系。退中有进，进中有退。看似后退，实则前进。大踏步后退，正是为了大踏步前进。前天与我朋友茶叙时，也聊到退一步海阔天空，进一步天空更海阔，无论进还是退，其实都是为了前行。

大丈夫能屈能伸，与其怨天尤人，不如尊重现实，迂回前进。李连杰初到好莱坞时，几乎没有人看好他，好不容易有一家电影公司愿意请他出演，但片酬很低，只有 100 万美元，而且是演一个反派角色。李连杰犹豫不决，说自己要经过慎重考虑，才能答复。但是，等他答应出演时，对方却改口了，片酬降为 75 万美元。钱不是最要紧的，只是在 20 世纪 90 年代的东南亚电影市场，“李连杰”三个字早已是金字招牌，从“功夫皇帝”“沦落”到现在的境地，李连杰感到难以接受。但他考虑再三，还是决定出演，可是，没想到对方却又“落井下石”：“50 万美元，不演拉倒。”“没问题，我演。”这次李连杰答应得很痛快。50 万美元，还包括律师、经纪人、宣传公司等各项费用，再扣完税，所剩无几。但李连杰明白，在好莱坞，演员的票房号召力才是检验实力的唯一标准，只要给他机会，再大的让步也值得。就这样，李连杰拍了他的第一部好莱坞影片《致命武器 4》。虽然片中巨星云集，但在影片首映当晚，李连杰就获得 7.5 分，成为演员排行榜中的亚军。第二天，电影公司老板就亲自上门，毕恭毕敬地说：“下一部片子请您演主角，如何？”当实力证明一切的时候，才能轮到李连杰说话，他的第四部好莱坞影片片酬就开到了 1700 万美元。

李连杰以退为进,成功地敲开了好莱坞的大门。他谈起往事,感触颇多,念了一首哲理诗:“手把青秧插满田,低头便见水中天。六根清净方为道,退步原来是向前。”回头再看布袋和尚的这首《插秧诗》,人家早在唐末五代时期就充分验证了进退两者的辩证关系。插秧的人手里拿着秧苗,一撮一撮地插满了水田,插秧时低头就可以看到水田中倒映着的蓝天和白云。所插的秧苗需要“根须”清净、没有腐烂,将来才能长成“稻”,插秧时表面上是边插边后退,但却是一直向前的。农人退步插秧,后退正是向前,用弯腰后退插秧的姿势,换来金黄的、谦卑垂首的、籽实饱满的稻穗。你看,退步原来是向前。

“人生就如插秧一样,低头,是插秧的姿势,但更是做人的态度。正所谓‘俯首甘为孺子牛’。人生在世,谦和、低调方能赢得世人的尊重。”我的老师教育我。低头,有时也能看到一方“水中天”的清净世界。退步,是插秧的动作,更是为人的姿态,同时也能达到心地清净的开阔境界。

生活中每个人都有自己的一畦心田,播种插秧时,贵在保持一颗宁静、平和、谦让的心,往后是向前,低头也是向前,胸中包容大空间,改变心态,调整方向,选择速度,俯仰之中皆有所得。

桃离枝头

很欣赏《落地之桃》一文，犹如饮一杯清茶，就像在沙漠中邂逅一泓清泉，亦如同看一束花蕊在阳光中绽放。

能够坚持到最后的，便是那些落地之桃，是最成熟的桃子。成熟了，成色、味道更趋于它本真的完美。此时，离开枝头，成就的便是圆满。

成长是一个过程，成熟是一个结果。

成熟的桃子，一定开过花，开过花的桃子，不一定能结果。桃子一样，人也一样。

有的人，只是成长了，并没有成熟。

有的人 80 岁仍是一地鸡毛，而有的人才 18 岁就拥有了一个沉毅而深邃的灵魂。

圆满不分年龄，它是顺其自然的产物，强求不得。网上有段话："人生就是三个阶段：接受父母的平庸，接受自己的平庸，接受孩子的平庸。"可见，平庸是一种生活的真相，不过，接受自己的平庸并不一定就是消极的。正如一位青年女作家所说："能正确对待平庸的人，才往往不会平庸！"多么富有哲理的一句话。做人要有一颗平常心，因为这个世界上平庸是大多数人的状态，伟大的人毕竟是少数。如果能正确地面对平庸，反而能让我们更加成熟和清醒地看待成败，看待人生。

近日，我看到一篇报道，两个60多岁的老人骑自行车环游全国。照片上他们都穿着色彩鲜艳的骑车服，站在高科技的自行车旁边，显得神采奕奕。

看到这幅照片，我的心豁然开朗，浑身又焕发出勃勃朝气。是啊，没有人仅仅因为时光的流逝而变得衰老，只是随着理想的幻灭，人类才会出现老人。岁月可以在皮肤上留下皱纹，却无法为灵魂刻上一道痕迹。

人与桃子不一样的是有梦想，而梦想能给人激情与力量。人可以在有限的时间里接受美好、欣喜、勇气、力量的信息，滋养着自己的灵魂，让有趣的灵魂闪闪发亮，不至过快衰老。

人如落地之桃，历经岁月的洗礼，成就各自的圆满。

找对方向

有人说:“什么是伟大的事情?伟大就是无数次平凡、重复、单调、枯燥地做同一件事,就会做成伟大的事。”这句话,朴实,不煽情,符合真相,符合现实。我们要拥有长期主义的决心,恪守一万小时定律,就一定能成事,因为这世界到处充满着生机。

人们应该相信重复的力量,相信专注的力量。怎么解释一万小时定律?我的理解是,任何人做一件事,只要经过一万小时的锤炼,都能从普通人变为某一领域的顶级人才。

作家格拉德威尔做过大范围的调查研究,他想知道,那些所谓的天才,例如古典音乐家、冰球运动员他们究竟是如何变成这样成功之人的。他发现,练习,尤其是刻意地重复性练习,对于成功掌握一门技能来说,是必不可少的环节。10 年内,每周练习 20 小时,大概每天 3 小时。加起来,差不多一万小时,每个人都有可能成为一个领域的顶尖人才。

一万小时是一个时间概念。那么一万小时究竟是一个什么形象表达呢?我们来简单计算一下。如果是你的主业,你一天可以在这个领域投资八个小时,那么你需要花接近 5 年的时间,才能完成这一万小时的投资,才能成为这个领域的专家;如果说这是你的副业,你每天可以投资两小时的时间在这个领域,那么你需要花接近 14 年的时间，才能完成这一万小时的投资，才能成为这个领域的精英。正所谓复杂的事情简单做，你就是专家；简单的事情重复做，你就是行家；重复的事情用心做，你就是赢家。

“没有方向，什么风都是逆风。”这是朋友殷济青先生的口头禅。这话是对的。一万小时理论的核心是专注，专注一个领域，专注一个方向，专注一个行业。而从来不是简单粗暴地堆砌时间。找准你要专注的方向，你的专注才有空间可施展，才有资源可积累，不然，谈何一万小时？

同时，我认为最关键的是，要适合自己，这比抢先起跑更重要。对于世界上 99.99% 的人来说，人生目的不是当钢琴家，不是当舞蹈家，也不是成为一名音乐大师，而是有一个健康快乐成功的人生。要实现这个目标，最要紧的不是通过一万小时的练习获取某种技能，而是找到最适合自己的那条路。

如何找到适合自己的路？那么一万小时定律，显得尤为重要。重复，就得专注，心无旁骛，乃成其大，成其精，必有路。好的人生，要耐得住寂寞、熬得住单调与重复。当我们找准方向，重复，再重复，人生繁盛自会与我们拥抱。回过头来看风，什么风都不是风。

灵魂的香气

“你认识谁”不重要，重要的是你是谁和“谁认识你”。

“你认识谁”是你奔着别人去的，是以他人为中心的线性关系；而“谁认识你”是他人奔你而来，是以你为中心的网状关系。让别人认识你，是你的职责而不是他人的义务，每个人都要为自己的个人品牌负责，但这有个前提，你要真正有价值，而且要能正确评估自己的价值，不是总自我感觉良好。

灵魂中的香气，是腹有诗书气自华，不是一蹴而就，而是慢慢地磨砺，静静地坚守。人脉思维的关键，在于自己是不是一块“磁铁”，如果自己只是一块“铁”，它便不具有吸引别人的价值，虽然由“铁”变“磁铁”的过程非常坎坷，但是通过努力还是可以达到的。所以，当自己还是一块“铁”的时候就不要去想人脉这件事。只有自己修炼成了“磁铁”，你才是一个可以拥有人脉的人！

星巴克的创始人霍华德·舒尔茨，为了做出好产品，可以说是上天入地寻找好原料，竭尽全力来打造最好喝的咖啡。他说，你要做的第一件事是将生命注入咖啡的质量里，其次才是顾客体验。

先打造核心竞争力，再讲处事技巧和为人情怀，这一点在个人的自我修炼上也适用。知人者智，自知者明。你认识别人的时候，不过是别人对你有价值。但是别人不认识你，或者说根本看不上你，是因为你对别人没有价值而已。了解别人的人只能算聪明，能够清晰地认识自己，才是真正具有智慧的人。

茶香本就具足，也需时机适宜，方法得当，才能氤氲成风景。灵魂中的香气，也要一个道场，同质相吸，才能传递美好。你认识的人厉害，不代表你厉害。社交从不是目的，只是一种沟通的手段，关键是你自己厉害。

若为星和月，便照亮夜空；若为枝和叶，便点缀世间，找准自己的位置。世间万物无不是在自然演变中找寻着自己的位置，勾画出和谐自然的景象。做人最大的智慧，就是找准自己的位置，修好自己的本事。

破桶挑水花满径

“快点上！再不快点就来不及了！”“快什呢啊，就急煞了？慌慌张张的！”“不去，我不喜欢人那么多，我喜欢安静一些！”

在生活当中，我耳边经常听到这样那样的声音，甚至批评他这样不好，你又那样不好。有些人每天可能会讲出很多类似的话。仔细观察不难发现，同一件事，同一个场景，不同的人，观点和行为是很不同的。

我也曾经因为自己的弱点而感觉到苦恼！比如，我的个子有 1.8 米多好！我的酒量有 1.2 斤多厉害！这些心中的弱点，有没有改变我的生活，影响我的心理呢？我说没有。不为自己的优点而骄傲，也不为自己的缺点而自卑，这是我给自己定的准则。优点和缺点都是人的天性和本质。当缺点可以利用时，我反而不认为它是缺点了，所以人与人在一起，不能完全只看到别人的优点，过分在意别人的缺点，应该去包容他人的缺点才对。

有时候，我的缺点会成为我的优点；有时候我的优点也会成为我的缺点。关键是看我在什么时间、什么地点、正在做什么事情。合适的时间，合适的地点，做合适的事，这就是优点。其实每个人都有自己的优缺点，再优秀的人，也有他不擅长的事情。缺点不一定是缺点。你说爱说话，不爱说话，哪个是优点？哪个是缺点？性子耿直，直来直去，倔强，算不算缺点？爱钻牛角尖，算不算缺点？做事慢，是缺点吗？恋家，是缺点吗？有自尊心是一种可贵的品质，能激发人们发愤图强、不断进取，使人们自重、自爱。那么，某某自尊心强是优点，还是缺点？我不好回答。使用人才既要注重用其所长，更要做到化“短”为“长”。

我常常听人说，有些人用放大镜看自己的优点，用显微镜看自己的缺点；用放大镜看别人的缺点，用显微镜看别人的优点。其实，玻璃在显微镜下看，也是坑坑洼洼；手掌在显微镜下看，也是高山大峡。既然任何事物都是优点和缺点的统一体，那么能正确地感知与对待自己和他人的优缺点，就显得尤为重要了。

善用物者无弃物，善用人者无废人。不要为自己的缺点而烦恼，好好利用，说不定反而会成为你最大的优点呢。

我早就听老师讲过《漏水的木桶》的故事，把道理说得太透彻了。尚智和尚是庙里的挑水工，他有两只木制水桶，其中一只水桶完好无损，另一只水桶有道裂缝。尚智和尚每次将水挑回来时，那只有裂缝的水桶里只能剩下半桶水。有裂缝的水桶天天目睹着尚智和尚那么辛苦，心里非常自责，便对尚智说：“我很惭愧，必须向你道歉，因为我的缺陷，你才事倍功半。”不料尚智笑了笑说：“你不要自责了，我还要感谢你呢，等下次再挑水的时候你留意一下路旁盛开的花朵。”回去的路上，有裂缝的水桶果然看到路的一旁开满了五颜六色的花朵，它们都在轻风和阳光下快乐地笑着、舞着。它不禁感叹道：“好美的风景啊！”这时，尚智和尚说：“这是你装满水之后走过的地方，正是因为你的这个缺陷，我特意在你那边的路旁撒了花种，而你每天都替我浇了这些花。”听了尚智和尚的话，有裂缝的水桶自豪不已，它也深深地感谢尚智把自己的缺陷变成了一种美丽！

生活中，当我们发现了自己的缺点时，与其自责，不如改变思维的角度和方式。水桶是用来盛水的，漏水是它的致命弱点。但是路边的野花因水桶的残破而缤纷绽放。塞翁失马，焉知非福？

同事梅益东先生说得好：“只要能够掌控自己的方向，缺点也会变成优点。很多人的成就，并不是因为他拥有怎样的优点，反而是他的缺点，不断地驱动着他去做一些事情。”我们在考察一个人的时候，不要只盯住他的缺点，而是要把他的优点和缺点综合起来看，这样才能把一个人放在合适的岗位上。所谓缺点，只是用错了地方的特点。唐朝政治家韩滉镇守浙西时，曾有一位故人的儿子前去投奔他。韩滉问他有何才干，他直言自己并无所长。门客们听后窃窃私语，毫不掩饰心中对他的鄙视。韩滉默不作声，只恭敬地邀请他参加宴席。席上，韩滉见他始终端坐桌前，不与任何人交谈。数日后，韩滉调他至军中，任“监库门”一职，门客们无不奇怪。“此人脾气古怪，不通人情世故，又无所长，何以任职？”韩滉说：“你们看见的缺点，正是他的长处，脾气古怪，不通人情，也就意味着铁面无私、刚正不阿，正适合看守库房。”不出所料，自他上任后，从早到晚端坐于库房门前，使别有用心之人不敢造次，库亏之事再无发生。学会用辩证的眼光看问题，也许能从缺点处看出优点来，从劣势处寻出优势来。

世间万事万物都不会完美无缺，但“存在即为合理”，存在总有存在的理由与价值。把眼睛从自身的弱处转移开去，也许会有新的感受和发现。从客观的角度来看，说每个人身上都有优点和缺点，还不如说每个人身上各具不同的特点，更重要的是，这些特点并无好坏之分。

与孤独签订协议

读过一则有趣的禅宗故事。小徒弟整天跟老师父说：“我心不安，我心不安。”他觉得心好慌，上课没心思上课，做功课没心思做功课，问老师父到底该怎么办。师父拿出一把刀，说：“心拿出来，我帮你安一安。”心一直在自己身上，心会不安，是被寂寞、孤独驱使着，要去找自己以外的东西。

幸福的秘诀不是别的，而是跟孤独签订体面的协议。无论是我们出生、我们成长、我们相爱，还是我们成功失败，直到最后的最后，孤独犹如影子一样存在于生命一隅。但是，这并不可怕，可怕的是跟孤独不情愿的约定。

每个人在一生中，都要有一场与孤独相处的远行。高楼林立的城市里，我们都在上演着一场又一场都市励志剧，它将一群孤独的人聚集在一起。人们在这座城市里生活，被无数人围绕着，却依然无法止住内心的孤寂。一个人心若是孤独的，即使身边有千军万马也无法止住生命的饥渴。要在这个世界上获得真正的自由，不被对他人的过度依赖牵制和裹挟，一定要成为自己，寻找真正的自我，这才是解决这种迷失状态的最好办法。

越是有本事的人，越能和孤独好好相处，他们不需要别人承认自己的意义，他们有自己的行为准则，有自己独有的精神领域。林清玄在《独乐与独醒》中说："独乐是一个人独处时也能欢喜，有心灵与生命的充实，就是一下午静静坐着也能安然。"独处让自己的本心更自由，更潇洒。不用周旋于别人的情绪，也不用刻意判断他人的心思，人终其一生的追求就是自由。有的人在孤独中消沉，有的人在孤独中崛起。我点赞梵高的孤独观，他的人生是短暂而孤独的，绘画的天才不为庸俗的世人所承认，精心创作的《葡萄园》落满了尘埃。然而，梵高没有惧怕孤独，他以一颗炙热的心浇灌着心底的艺术之花，终于，《向日葵》以高价在巴黎博物馆拍出，他赢得了生前难以想象的辉煌与赞誉。

宁愿孤独，也不凑合将就。生命从来不曾离开过孤独而独立存在。独自花开，辉煌在一刻闪烁出恒久的光彩，抚看历史，惜风流人物总被雨打风吹去；遍阅今朝，守住孤独，赢得辉煌，也就成了人人心中亘古不变的追求。

瀚海之上千帆过尽，苍穹之下繁星粼粼。孤独是人生的底色，而我们要做的就是坦然接纳，在孤独中做有意义的事。

今天，我再看《百年孤独》，生命中的所有灿烂终究用寂寞来偿还。孤独是人类与生俱来的，与其抗争它，不如拥抱它，一起奔赴更美好的自己。

酒味人文

“对酒当歌，人生几何？”我不太能喝酒，但喜欢聊酒，而我许多朋友不喜欢聊酒，却热爱喝酒。他们热衷去酒吧，酒让他们充满想象，也让他们享受无聊。去酒吧不是为了聚会聊天，而是为了寻找某种感觉。有人说，没有酒的世界，是不可想象的世界。我不知道是真是假。

很久以来，人类就和酒结下了不解之缘。美酒浓郁芳香，醇厚甘爽，回味悠长。千百年来，酒已成了庆功、设宴、招待亲朋宾客不可或缺的助兴佳品。

说起酒的来历，在古代，往往将酿酒的起源归于某某人的发明，把这些人说成是酿酒的祖宗，由于影响非常大，以至成了正统的观点。对于这些观点，宋代《酒谱》曾提出过质疑，认为“皆不足以考据，而多其赘说也”。话虽如此，但作为一种文化认同现象，我觉得仪狄酿酒是有一定的考证的。

在我国古代，酒被视为神圣的物质，酒的使用，更是庄严之事，非祀天地、祭宗庙、奉佳宾而不用。“座上宾客满，樽中酒不空”，久而久之，形成远古酒事活动的俗尚和风格。随着酿酒业的普遍兴起，酒逐渐成为人们日常生活的用物，酒事活动也随之广泛，并经人们思想文化意识的观照，使之程式化。如同古人所说“酒以成礼，酒以治病，酒以成欢”，在这些特定的场合下，酒是不可缺少的。“何以解忧，唯有杜康”就是酒风习俗的一个缩影。可以说，在古老的中国，酒是十分神奇的，上至帝王之尊，下到大小官员、平民百姓，嗜好酒者比比皆是，从而形成了一种源远流长、独树一帜的酒文化。

但是，酒又被人们看作是一种奢侈品，没有它，也不会影响人们的正常生活；而且，酒能使人上瘾，饮多致醉，惹是生非，伤身败体，人们又将其作为引起祸乱的根源。

对酒的描写，程思远在《中国酒文化大观》中的独特见解，我很喜欢。他说酒，作为世界客观物质的存在，它是一个变化多端的精灵。它炽热似火，冷酷像冰；它缠绵如梦萦，狠毒似恶魔，它柔软如锦缎，锋利似钢刀；它无所不在，力大无穷，它可歌可泣，该杀该戮；它能叫人超脱旷达，才华横溢，放荡无常；它能叫人忘却人世的痛苦、忧愁和烦恼，到绝对自由的时空中尽情翱翔；它也能叫人肆行无忌，勇敢地沉沦到深渊的最底处，叫人丢掉面具，原形毕露，口吐真言。

以酒为题的酒文化作为一种特殊的文化形式，在传统的中国文化中有其独特的地位。从《诗经》到《红楼梦》，字里行间无不飘着酒香。有人曾做过专门统计，李白现存诗约1050首，与酒有关的达170首；杜甫现存诗约1400首，20%以上与酒有关。真可以说“无酒不成诗”。

以酒为题的故事也是太多太多。商代晚期的帝王，多是淫暴之主，一味追求享受安乐。商代的贵族也多酗酒，据现代人分析推测，由于当时的盛酒器具和饮酒器具多为青铜器，其中含有锡，溶于酒中，使商朝的人饮后中毒，身体状况每况愈下。商末帝纣是一个好色好酒的人，《史记·殷本纪》称：“（纣）以酒为池，县（悬）肉为林，使男女裸相逐其间，为长夜之饮。”后人常用“酒池肉林”形容生活奢侈，纵欲无度。商纣的暴政，加上酗酒，最终导致商代的灭亡。

因酒误事误国的例子在古代不可胜数。楚恭王与晋国的军队战于鄢陵，楚国打了败仗，楚恭王的眼睛也中了一箭，为准备下一次战斗，召大司马子反前来商量，子反却喝醉了酒，无法前来。楚恭王只得对天长叹，说“天败我也”，将因酒误了战事的子反杀了，最终只得班师回朝。帝王因酒误事有时也促成好事，如齐桓公因为醉酒，将帽子丢了，他为此事感到羞耻，于是三天都不上朝，恰逢粮荒，管仲只好自作主张，打开公家的粮仓，救济灾民。灾民欣喜若狂，当时流传的民谣说：（齐桓公）为什么不再丢一次帽子啊？

酒，有人称它为上品，有人称它为妙品，有人称它为珍品，有人称它为贡品，它确实是好东西。从王公贵族到平民百姓，多少人为它兴奋，多少人为它哀愁，心情好是美酒，心情不好是苦酒。有人为它高歌，有人为它咏叹。人在烦恼时酒入愁肠愁更长，人在得意时，酒壮英雄志更高。以酒满足精神需求，是人类社会各民族中普遍存在的文化现象，陶渊明、李白、曹雪芹等文化修养出众的大诗人、大文豪，也常常以酒激发灵感、借酒浇愁。

与酒相关的名人也是太多太多。东晋的陶渊明，他的诗中有酒，他的酒中有诗。他的诗篇，与他的饮酒生活，同样有名气，为后世歌之颂之。他虽然官运不亨通，只做过几天彭泽令，便赋“归去来兮”，但是当官和饮酒的关系却那么密切：其时衙门有公田，可供酿酒。他下令悉种粳以为酒料，连吃饭的大事都忘记了。还是他夫人力争，才分出一半公田种稻。弃官就无禄，喝酒就成了大问题。然而回到四壁萧然的家，最初使他感到欣喜的是“携幼入室，有酒盈樽”。但以后的日子如何，可就不管了。

白居易是位大酒徒。他的一生不仅以狂饮著称，而且也以善酿出名。他为官时，分出相当一部分精力去研究酒的酿造。酒的好坏，重要的因素之一是看水质如何。但配方不同，亦可使“浊水”产生优质酒，白居易就是这样。他上任一年自惭毫无政绩，却为能酿出美酒而沾沾自喜。在酿的过程中，他不是发号施令，而是亲自参加实践。

欧阳修是妇孺皆知的醉翁。他那篇著名的《醉翁亭记》，从头到尾一直“也”下去，贯穿一股酒气。无酒不成文，无酒不成乐。天乐地乐，山乐水乐，皆因为有酒。“树林阴翳，鸣声上下，游人去而禽鸟乐也。然而禽鸟知山林之乐，而不知人之乐……”。

苏东坡是著名的大文豪，也是有名的酒徒。“明月几时有，把酒问青天。”我们从他嗜酒如命和风流潇洒的神态，可以寻到李白和白居易的影子。他的诗，他的词，他的散文都有浓浓的酒味。正如李白的作品一样，假如抽去酒的成分，色香味都随之锐减。

酒，总会让你感动，心情好的时候，酒把气氛烘托得有如锦上添花；心情不好的时候，酒会体贴周到，让你三杯两盏便昏昏沉沉，不愿清醒，心却已醒悟。或是对影独酌，或是几人相邀，或是高朋满座，喝入情境的酒，总让朋友之谊、思乡之情、心头之恋，尽在浅醉、沉醉或举杯已醉中泛溢上来，无法自制。

其实，酒就如权力、金钱，关键要把握好“度”。过度了，过量了，又都是害人的东西！世界上，管好别人并不难，难的是管好自己。在权力、金钱和美酒面前，尤其要管好自己！生活如酒。酒给人们带来了太多的豪情与慨叹，太多的对人生的哲思与洞悉……一个热爱生活，对生活充满着执着理想与信念的人，自会觉得生活是一杯醇厚的美酒，无论是纵情豪饮，还是细酌慢品，都能回味无穷，陶醉迷恋，从而更加懂得尊重生活、尊重自己和他人；面对生活的厚爱抑或挫折，他们能够做到宠辱不惊，保持一颗平常心，始终奋发着一种蓬勃向上的精神状态。而一个虚度光阴，对生活持倦怠心态的人，却总是错误地认为生活不过就像一杯难以下咽的苦酒，他们往往一边醉生梦死，无所事事，一边龟缩于个人的小圈子里牢骚满腹，自怨自艾，生活中哪怕是出现一星半点微风细浪就可以将他击倒，说句不客气的话，这种人是典型的弱者，多余的人。

有位文人对酒的理解实在是绝，他说无酒在很多时候是一种清贫，更多的时候也是一种悠游。狐朋狗友，觥筹交错之际，酒灌脑满，油腻肠肥，是为世间蠢物，一味海吃滥饮，不识风情，反如饥肠饿汉，暴露贫贱之相。酒，乃是一种精气、雅气、神气，徐徐啜，细细品，一饮三咽，一饮三叹，回肠荡气，恍然出世，飘飘欲仙。以这种心情处之，则可喝白开水如饮醇酒，淡中有味，全凭一己之心，看庭前花开花落，望天际云卷云舒，有无之间，得失之际，自有领略。

有酒谁不会喝，没酒亦能喝出酒味来，那才是真会喝酒；文章谁不会写，要使文章洋溢着酒气，那才是真功夫。可谓，善画者画意不画形，善诗者刻意不求功，善酒者追求酒的境界。

饮酒如斯，为人如斯！

从慢走到快跑

“走”字意味着什么？基础知识打得特别地牢固。“跑”字意味着什么？在夯实基础知识之上再进一步拓展自己的思维方法。“你得让我先学会走，我才能学会跑。”这句话是香港演员古天乐在一场为宣传他的电影《明日战记》路演中，潸然泪下说出的一句话。

路不行不到,事不为不成。很多人大概都听过这样一句俗语：“先学走，后学跑。”意思是说，无论学什么，都要从基础做起，应该遵从先易后难的原则。路还没走稳，跑什么？路走稳了再跑还能迟吗？

小孩子刚学走路时，最初都是一步一步地学。但在刚刚学会走路，尚且不稳时，便都开始学跑，东倒西歪，让人看着都提心吊胆，结果可想而知。工作也是这样，从陌生到熟悉需要一个过程。能熟练担当自己所从事的工作，不仅需要过程，更多的是需要对细节的把控。

一步虽小，却可以改变人的一生；一生虽长，总须有最开始的一步。

这最开始的一步之后，就是行走、奔跑和攀登，也就是一步步打下牢固的基础；而飞翔，便是最终的成功。别抱怨，别慌张，别急躁。别急着有所回报，人也好，事也好，凡事都讲究一个水到渠成。

要先做一名合格的学生，而不是急着去做一个老师。接到领导安排的任务，有的人会有条不紊地执行，而有的人会投机取巧，自以为不必要的步骤均可省略。

其实，自以为是在经验面前显得过于稚嫩，是不成熟的表现。一项不熟悉的领域，可以先走稳了路，熟悉了流程，再惦记着跑。事实上，严格按照流程去做，最终是能达到预期目标的。而一味地走捷径或者是投机取巧，往往会把任务弄糟，欲速则不达。如果足够强大，就没人能使我们委屈。要学会脚踏实地，更要懂得随遇而安。

欲当大事，须是笃实。在当今这个年代，许多人急切要成功，太需要上升的机会，似乎都想要得到一本武林秘籍，天下无敌，而结果是被别人收了智商税，当韭菜割了。真正的了不起，是要学会在自己的领域里沉下气来，以一颗匠心踏实学习，做好深耕，直至获得真才实学，成为顶尖能手。

走稳脚下每一步，就是最好的路。把路走稳、走实、走好、走远，唯有百炼，方能成钢。

人品是张通行证

《了凡四训》里说:“一切福田,不离方寸”。

方寸就是我们的内心,人心里包含了一切福田,这方福田是开拓耕耘还是慵懒荒废,全在我们自己。这一方良田,要细细耕耘,躬身锄芜,用心呵护心田的纯洁本真。人品是生活的通行证,人品是彼此心灵最后的依赖。

有网友说,一个心灵高贵的人,举手投足间都会透露出优雅的品质;一个道德高贵的社会,大街小巷都会流露出和谐的温馨;一个气节高贵的民族,一定是让人尊崇膜拜的民族。好风水是自己修来的。善良的人,不只是心善,而且会用自己的行动力去感染他人。自己内心坦荡,格局高大,也注定了其一生不平凡。

德才兼备,以德为先。人品不好,能力再强也没用。“人品,是最硬的实力。一个年轻人去面试,突然一个衣着朴素的老者冲上来,说:我可找到你了,太感谢你了!上次在公园,就是你,就是你把我失足落水的女儿从湖里救上来的!”“先生,你肯定认错人了!不是我救了你的女儿!”年轻人诚恳地说道。“是你,就是你,不会错的!”老人又一次肯定地说。年轻人只能做些无谓的解释:“真的不是我!你说的那个公园,我至今还没有去过呢！”听了这句话，老人松开了手，失望地说：“难道我认错人了？”后来，年轻人接到了任职通知书。有一天，他又遇到了那个老人，关切地与他打招呼，并询问道：“你女儿的救命恩人找到了吗？”“没有，我一直没有找到他！”老人默默地走开了。年轻人心里很沉重,对同事说起这件事。不料同事哈哈大笑：“他可怜吗？他是我们公司的总裁，他女儿落水的故事，讲了很多遍了,事实上他根本就没有女儿！”“什么？”年轻人大惑不解，同事接着说：“我们总裁就是通过这件事来选拔人才的，只有人品过关的人，才是可塑之才！”

人品好的人自带光芒，心地和善，面目祥和，有一种让人自然信任的亲和力。真正的好风水，好人生，其实就是我们内心的高贵。勿以恶小而为之，勿以善小而不为。当你熬过了那段不为人知的沉寂时光，终将迎来人生的黎明时刻。难过时，沉淀自己不倾诉；低谷时，振作精神不抱怨；卑微时，养精蓄锐不言语。

懂得严格要求自己，为他人造福，风水自然就好。

最好的风水是人品，好风水养好人，好人也养好风水，好风水才有富和贵。富是物质的拥有，没有精神的高贵，永远成就不了品格的高贵。高贵不是奢侈品加身的包装，高贵是源自内心的本善担当。人活着，不管你多聪明，多能干，如果无德，那么你的人品就会遭人唾弃。可谓是：“世间技巧无穷，唯有德者可以其力；世间变幻莫测，唯有人品可立一生！”

何须浅碧轻红色

“橘生淮南则为橘，生于淮北则为枳。”相同的种子，之所以结出味道截然不同的果子，是因为环境的差异。只有在适合的环境里，才能结出甘甜的果实。

古罗马诗人奥维德说过：“认识自己，找准自己的位置，是生命焕发光彩的前提。”荷花生长在荷塘中才能亭亭玉立，仙人掌独自屹立在沙漠中，才能成为“沙漠英雄花”。人亦是如此，找准人生定位，才能成为真正的有用之才，适合自己的生活才是美好而诗意的，才是充满阳光与风景的。

我们常说鞋要合脚，人要合拍。生活亦如人饮水，冷暖自知，没人走过你走过的路，不会知道你经历的酸甜苦辣，更不会知道什么才是适合你的生活。星辰和大海都需要门票，诗和远方的路费都很贵。

其实，我们不用看别人的眼光去活，只要顺着自己的心意就好，而且凡是从心出发的东西，总是有着一种别样的魅力。你站在桥上看风景，看风景的人在楼上看你。聪明人都懂得扎好自己的根基，在恰当的节奏里自如行走。

人生最大的不幸，就是不认识自己。离开位子，自己什么都不是。

杨绛说："人生一世，无非是认识自己，洗练自己，自觉自愿地改造自己。"连自己都不认识，看不透的人，就别妄想去看透世界。这世间，每个人都是一道独特的风景，都有着各自的光芒和颜色，追寻着自己的热爱，用心做好自己，向着心中的目标前进，总有花开可遇，总有山海可及，总有相似的灵魂慢慢靠近，总有美好的事物与你慢慢相遇。

李清照词云："何须浅碧轻红色，自是花中第一流。"做人，要学会肯定自己，欣赏自己。不妄自菲薄的人，给自己激励，才能闪闪发光。这世界喧闹，做自己就好；这风景万千，做自己最妙！

浓浓的书香味

“人生没有失败，只有铺垫。也没有生来注定的平庸，只是有人在不确定的日子里，给自己失衡的世界找到了支撑点。而读书，就是那个支撑点。”这句话，我第一次读就觉得很有意义。第二次读到这句话的时候，是在图书馆。

试想你独自一人，静坐在图书馆一个角落，手捧一本心爱的书，浅浅的微笑如同冬日的暖阳，既不喧哗也不张扬，这究竟是怎样的一幅静谧画面呢？

那是一个冬夜，月儿高悬，我置身小城图书馆的“24 小时书屋”，径自沉醉于书海之中。当我合上书本，呡上一口茶时，心中涌起了无尽的思索。

市民的幸福指数究竟如何衡量？一座新地标的崛起，固然让城市的面貌焕然一新，但更为重要的，是让广大市民真正分享到发展的成果。而图书馆作为文化的殿堂，它的舒适与温馨，无疑是衡量市民幸福感与获得感的标尺之一。

夜幕低垂，小城的奥体广场上，歌声悠扬，广场舞的旋律跳跃着，那是生活的一种选择；而在图书馆的静谧之中，沉浸于书海，同样是生活赋予我的另一种别样的选择。

人生，既有往外挥洒的激情，也有向下扎根的坚韧。生活的形态从来都不单一，即便是在“夜书房”里埋头苦读一个小时，也是在不确定的人生中寻找那份难得的确定。

一个人把书读薄了，也把人生垫厚了。那晚，我读的是麦家的一本书。

作家麦家年轻时并不善于写作，他的第一份工作的内容是写材料。因为文笔不擅，他每次呈交的材料都错漏百出。不仅遭到了同事们的嘲笑，还被降职到一个专门端茶倒水打杂的岗位。

面对巨大的落差，麦家那段时间异常痛苦，只能靠读书排遣。慢慢地，没想到竟打开了新世界的大门。麦家的写作能力也在这段时间一点点地锻炼起来，后来他开始写小说，最终凭借谍战小说《解密》等作品而成为著名作家。

那晚，我不禁自问：读书的意义究竟何在？

读书不会把你直接捧到高峰，或是送至彼岸。它会教挣扎在苦海的人做自渡之舟，给深陷低谷的人递去自救的绳梯。

当今社会，我们时常会听到这样的言论：很多人没有读很多书，依然混得风生水起，事业有成。确实，如今不少年轻人在短视频平台上崭露头角，早早地赚到了人生的第一桶金。这使得一部分人产生了这样的错觉：不读书也可以成功。

然而，董宇辉等人的成功告诉我，读书的意义远超过我之所想。他们的成功并非偶然。正是丰富的阅读经历塑造了他们独特的魅力，赢得了众多粉丝的喜爱。

在这个喧嚣的世界中，有一种安静的存在，那就是读书。读书，是一种怡然自得的境界，是对心灵的洗礼，是对生活的渐次感悟。同样，丁立梅老师的《读书的意义》一文，也为我揭示了读书的多重层面和深刻内涵。

若要我说，读书的意义就在于用生活所感去读书，去领悟人生的得与失、成与败、风与雨，去体味阳光与阴影、诗和远方；同时，也用书中所得，去丰富并指引我的生活。不知当年教诲我的老师，会如何为我的这番领悟打分。

那晚，我还想起了一个人，晚清中兴四大名臣之一的曾国藩。

曾国藩天资愚笨，14 岁参加科举考试，前后考了 7 次，23 岁才以倒数第二的成绩勉强考中秀才，而比他小一岁的左宗棠第一次参加科举考试便以第一名的成绩考中。与同时期的才子们相比，曾国藩可谓愚不可及。不过曾国藩有一点长处，就是酷爱读书。他曾经进京参加会试失败，回家途中看中一本精装的《二十三史》，毫不犹豫花光路费也要买下这本书，正是这种爱书如命的执着，加上勤奋苦读，才造就了天资浅薄却依然能成为被后人评价为“千古第一完人”的曾国藩。

读书可以弥补先天不足，读书可以增长见识。眼睛到不了的地方，文字可以。书读多了，自会豁然开朗。

作家余秋雨说：“阅读最大的理由是想摆脱平庸，早一天就多一份人生的精彩，迟一天就多一天平庸的困扰。”当年读到这句话，不觉得有什么了不起。当经历了这个时代的飞速发展，眼看着许多人因为读书而摆脱平庸，跃迁阶层，改变了命运，再回过来品味这句话，感觉完全不一样了。

年轻时，我以为不读书便无法了解人生；如今方知，若不了解人生，又怎能读懂书中的深意呢？在读书中让时光飞度，是最优雅的老去方式。如果皮囊难以修复，那就让我用灵魂的馨香来填满它。

读书，是对生命价值的深度探寻，让个人意识开始觉醒，使灵魂有了安放之地。

那一晚，我在图书馆感受到了一股浓浓的书香味。

听书时代

听书，如同古人窗前秉烛夜读，又以全新的姿态融入了现代生活。这一方式仿佛又唤醒了我心中那段尘封的记忆。

“郭天叙没有军事经验，张天佑莽夫一个。两个都中看不中用。朱元璋就不同了,能拉人又能耍心眼。所以朱元璋排名老三，实际老大。无论老大老三，都承认刘福通的宋国，用着龙凤年号……”

曾几何时，我又开始听书了，只不过不是通过收音机听广播，而是手机。前些年，我隔三岔五听的是有声书，用的是下载音频文件存入手机的方式。随着各种各类音频 APP 一个个推出,听书简单到用书名搜出结果后点一下即可收听,不仅有评书、小说，诗词歌赋、经史子集也是应有尽有。

早晨，阳光还未完全洒向大地，我在洗漱的间隙，通过那小小的手机,轻轻一点,便沉浸在《朱元璋传》的跌宕起伏之中。回想往昔，听书曾是收音机里的那一缕倍受期待的声音，如今却成了我们生活中的常客。

回忆起少年时代,那台“红灯”牌收音机仿佛又浮现在眼前。

小时候夏天的傍晚，我总是期待着那个特殊时刻的到来。当夕阳的最后一抹余晖洒在屋檐上，微风轻轻拂过脸颊，带来一丝丝凉爽，我便会迫不及待地打开那台老旧的收音机，调到熟悉的频率，准备聆听那令人陶醉的广播评书。

那时，广播评书是我夏日傍晚的最佳伴侣。每当评书艺人的声音响起，我便仿佛被带入了一个神奇的世界。他们的嗓音时而高亢激昂，如同狂风骤雨般激烈；时而低沉婉转，如同潺潺流水般柔和。每一个字、每一句话，都如同珍珠般落在我的心田，让我陶醉其中。

那些评书中的故事，或长或短，或悲或喜，总能让我沉浸其中，忘却时间的流逝。故事主人公，有时是英勇善战的将军，身披铠甲，手持长剑，驰骋在战场上，他们的英勇事迹令我热血沸腾；有时是智慧过人的谋士，运筹帷幄，决胜千里之外，他们的聪明才智让我叹为观止。

我静静地坐在窗前，窗外的蝉鸣声与收音机里的评书声交织在一起，构成了一幅美妙的夏日画卷。我闭上眼睛，任由那些故事中的情节和人物在我脑海中展开，仿佛我自己也成了故事中的某个角色。

时光荏苒，岁月如梭。如今，我由当年听故事的孩童，变成了有故事的中年人。但无论岁月如何变迁，听书的那份热爱与执着，却始终如一。

有人说，听书是一种享受，是一种放松。我深以为然。在忙碌的生活中，我们总需要找到一种方式来释放自己，而听书，无疑是一种极好的选择。它让我们在忙碌中找到片刻的宁静，在喧嚣中找到心灵的慰藉。

听书，它不仅仅是一种新的阅读方式，更是一种新的生活方式。它让我们在快节奏的生活中找到了平衡，在碎片化的时间里汲取了知识。

如今，听书已不再是少数人的雅趣，而是众多朋友的选择。旅行途中，听书成了打发寂寞的最佳伴侣；上班路上，听书则成了提神醒脑的良方。朋友袁先生更是将听书与阅读相结合，先用有声书了解大致内容，再翻阅纸质书籍深入探究，真可谓一举两得。

在朋友圈经常见到晒各种听书成绩的，一共听了几百本书！于是，父母也赶紧给孩子订阅了各种读书软件，让孩子上下学听、吃饭时听、睡觉前听、上厕所听，美其名曰“磨耳朵”。

是啊，在朗朗书声的熏陶下，况且是各种专业的解读下，孩子也一定会从小爱上阅读的吧！但是《阅读手册》却告诉我：听书根本不是阅读！

从长远来看，听书无法代替阅读。说白了，有声书更像是摆在超市货架上的饮料，便宜、解渴、老少皆宜。利用空余时间听听故事解解闷，当然没问题，但把听书当成真正的读书，指望用饮料来代替水，那是万万不能的。

不过，不管是听书还是看书，都是好习惯，总比不听不看来得强吧。

心的通道

早就听说盐城有一个盐渎公园，很想去看看。昨晚，我终于有机会漫步其中，感受她不一样的魅力。

盐渎公园又大又美。进入大门，四个罗马柱分别耸立在左右两旁，气势磅礴，雄伟壮观。罗马柱中间有三个大石碗，这三个大石碗昭示着盐城人民在阳光下晒盐的场景。

“盐渎公园”的“盐渎”是有来历的。一同的沈先生介绍说：“盐城从西汉武帝元狩四年始设盐渎县，东晋安帝义熙七年改设盐城县。”

“渎”即水道，“盐渎”亦即运盐之河道，古时这里到处是盐河，以“环城皆盐场”而得名。

有河必有桥。有人说，桥是通向另一个世界的入口，是一道独特的风景线。在盐渎公园，给我印象最深的也是桥。

缓步在盐渎公园的小径上，我远远地便能望见那些桥的身影。它们或古朴典雅，或现代简约，每一座桥都有着自己独特的风貌。

这里有大大小小的桥 43 座，风格各异，独具匠心，令人仿佛进入了人间仙境。走近一些，我发现桥身的细节之处更是别致。有的桥身用青石铺就，显得古朴而厚重；有的桥则采用了现代化的设计，线条流畅而优雅。最有特色的是钢丝桥、独木桥、梅花桩桥、轮胎桥、滚筒桥、攀岩桥、弹跳桥和浮桥，造型奇特，走法各异，大多需要手脚并用，特别受小朋友们的喜爱。

板凳桥、廊桥、母子桥给我印象尤为深刻，这里的桥身，优雅而坚固，宛如一位端庄的淑女，静静地伫立在清澈的湖面上。整体由坚固的石材筑成的，经过岁月的洗礼，显得更加古朴典雅。桥面上铺着平整的青石板，走在上面，仿佛能听到历史的回声，感受到岁月的沉淀。

桥的两侧，是郁郁葱葱的树木和五彩斑斓的花丛。桥下的湖水波光粼粼，碧绿如玉。偶尔有鱼儿跃出水面，激起一圈圈涟漪。湖畔，人们或悠闲地散步，或坐在长椅上聊天，享受这宁静而美好的时光。

峰回路转，小桥流水。堤岸上，挺拔的杉树静默肃立。这里一步一景，草木葳蕤，落英缤纷，相映成趣。我深呼吸一口，负氧离子溢满整个胸腔，顿觉得神清气爽。

公园里的水是桥的绝配。当水面静止，树叶颜色鲜艳，空气清新时，这一座座桥看起来就像是童话故事书中的一页。角度合适时，桥与水面的倒影让人产生一个神奇的错觉，恍如梦幻，极具画面感。

清风徐来，波光粼粼，树影与桥影倒映湖水中，高楼也走进画面里。沿着这一泓清水，向更远处看去，一座高楼倒映在湖中，仿佛一幅巨大的风光画，令人沉醉。

桥建造在茂密的树丛中，周围的树木从绿色变成橙色，再到光秃秃，然后周而复始。柔和的石拱突出了这种季节的变化，成了树林的画框。

石桥倒影，静谧湖水，给人如空谷幽兰般的优雅恬静。“一年四季，我想，无论哪个季节，这一座座奇异的桥，都会让盐渎公园散发着独特的魅力。”陪同的沈先生也认同我的观点。

盐渎公园是灵动的，灵在桥，因水而动；盐渎公园是多姿的，多在桥，因水而姿。

站在盐渎公园的桥上，我感受到一种别样的宁静与安详。远处的高楼耸立，近处的花草树木，一切都显得那么和谐而美好。

盐渎公园的桥，宛若连接人与自然、心灵与世界的纽带，让人们在这片绿意盎然的天地中，找到了心灵的归宿。

一抹光影

家乡的串场河，载着白花花的海盐、沉甸甸的憧憬，流向很远很远的地方。

有人说，你如不亲身体验一下串场河，就不知道她的美丽。串场河的美，穿插在白黑之间，气场强大，让人瞬间眼前一亮。

白天上班途中，从串场河边经过，映入眼帘的是青砖灰瓦、小桥人家，感受到的是一座座古建筑深厚的文化底蕴。晚饭后，散步于串场河边，画卷次第展开，炫熠的灯光水影，如一幅春日写意的水墨画。

今夜，同学陪伴我来到串场河边，感受从河面吹来的晚风。

漫步在河边花影绰绰的小路上，卸下生活叠加在身上的压力，享受片刻的轻松，观赏着串场夜色，我再次找回青春年少时的感觉，洒脱又不失格调，不负春日给我的大好时光。

一旁的同学田虎先生推介自己："我就住在串场河边的小区，晚上最惬意的时光就是陪家人一起到水街来游玩，沿途欣赏串场河边的灯光夜景,真是赏心悦目。什么是幸福？这就是幸福！"

河水悠悠，清风徐徐。此时的串场河畔，一片流光溢彩，如梦如幻，各色景观灯陆续亮起，红灯笼也将河水染成绚丽的颜色。

“你看，璀璨缤纷的盐渎夜色倒映在河水中，光彩夺目，亦真亦幻，让人仿佛进入梦境！”

“如果你夜晚登上画舫游船，驶于串场河中，沉醉在这无边的夜色中，与白天相比，湖面光影交错与水街古色古香的建筑相互呼应，会更显似水年华的温柔。”田先生提醒我。

此刻，我看到的串场河，是一首灵动的诗，是一幅秀雅的画。绕过河边，只见河沿那黑色柏油路上，车水马龙，川流不息。两岸的霓虹灯五彩斑斓，灯火灿艳，与古色古香的水街交相辉映，尽显这座城市的大气包容和典雅庄重的风韵。

一抹光影，一片月华。下次有机会，我想我会在串场河边的夜色里多转一转。在风清月朗的夜晚，河水悠悠，光影变幻，坐上小黄鸭自驾船，从水街码头到欧风花街码头，观彩灯，赏夜景，享水静，感受不一样的浪漫。

这是一件心心念念的事。对于我，既然一时去不了远方，那就让心灵偶尔在串场河边荡漾荡漾，感恩水的滋养，也不失为一种富有吧！

第四辑

最大的靠山

最大的靠山

小时候，家里老人说夜里有鬼，所以我怕黑，也怕鬼，没有安全感。

长大后，我问自己安全感是什么，是阳光明媚的日子吗？是一处可以长久居住的房子吗？还是银行卡里的一串数字呢？很多人穷尽一生来追求安全感，但当他们终于住所舒适、花钱不愁时，却依然会觉得内心惶惶不安。

为什么呢？我倒是认为，人的安全感更多的是一种内外都十分富足的感觉，内与外缺一不可。

邻居陈先生说他尝过曾经没有钱的滋味，他现在最大的人生体会是没有安全感，时常会恐惧，恐惧离开这个世界。于是他拼命地做抛丸机生意，不断地赚钱。钱真的那么让人有安全感吗？有一天，陈先生有钱有房子，有梦寐以求的豪车，但是他依然焦虑，这些东西并没有给他带来更多的安全感。

记得我还没上小学的时候，三分钱可以买一根冰棒，觉得十块钱已经是一个很大很大的数字了。我的梦想是口袋里揣有十块钱，十块钱就是我的安全感，就是我的幸福感。如今我早已实现了十块钱的梦想，但是我发现，十块钱很小很小。因为我的身份变了，从细伢子变成了大人，我拥有的多了。

《平凡的世界》里有这样一句话："钱是好东西，它能使人不再心慌，并且叫人产生自信。"由此看来，成年人的安全感大部分来源于钱和房子。房子，对于普通人而言，就是家的缩影，他们都希望在遍体鳞伤的时候有个庇护所。有的人为了钱和房子追逐一生，只为获得足够的安全感。

再比如陈先生，是的，他是有钱了，但是他的花销更大了。当他拥有了八百万之后，他会想满足自己的欲望，买一辆比豪车还要好的轿车，买更有价值的海景别墅，中央空调要用世界上最贵的，吃穿是最讲究的。恰恰是这样，他依然不会满足，他会觉得，钱依然是不够用。以往的一万元他会感觉很多，但是如今一顿饭要花去几万元，一趟欧洲旅行可能多于5万。拥有的越多，想得到的就越多，他陷入了焦虑的循环之中，更痛苦，更不安。如此说来，安全感并不是在于物质，更多的是在于内心。这就是有人住在破房子里很满足、很有安全感，有人住在黄金做的屋子里依然焦虑不安的原因。

生活中也有很多人经常调侃，他的安全感来自手机，只要手机有电，安全感爆棚，手机不在手上，他就没有了主张，不知道下一秒怎么办。可是，这也只能提供一时舒适的安全环境，无法抵消更大需求所带来的焦虑。心理学家保罗·G在《安全感》一书中提出："安全感是一种让人舒心的、愉悦的情绪体验，不会随着外界的变化而变化。"也就是说，在满足基本生活的情况下，一个人安全感强烈与否，和可量化的物质安全相关性并不大。

昨天，我又一次与陈先生茶叙。提到安全感这个词，他问我，究竟什么是安全感？我说，安全感是内心当中的一种感觉，当我拥有安全感的时候，身心会相对放松，心里会感觉有所依靠，舒心并且安心。我告诉陈先生，每个人对安全感的追求，是有所不同的，有些人更在意物质层面，而有些人更在乎精神层面。

我身边很多人，像陈先生一样努力工作，拼命赚钱，以为当自己可以买得起商场里所有的东西的时候就会有安全感。现实是，哪怕有万贯家财，也依旧会缺乏安全感；哪怕再有钱，内心的空虚也无法被欲望填满。

这是很可怕的事。

我记得我的老师说过一句经典的话："把钱和房子当作安全的依靠，类似蜜蜂通过玻璃追求外界的光明，看似前途光明，但永远找不到出路。"其实，真正的安全感和幸福感，永远来自内心的独立和自足。努力把自己打磨得坚实有力，才能有水来土掩、兵来将挡的底气。

我更认可张小娴的观点。她曾说："唯有当你认清世间一切事物都是无常的事实，你才明白，安全感从来无法外求，也从来不在这世界以外。它是你内心世界的平安。"一个人没有精神世界，那么再多的物质也不能满足日益增长的贪念，能修得内在安全富足，才能拥有自给自足的安全实力。因为安全边界越宽广，在面对不确定性时就越从容，应对突发状况时就越轻松。

于是，我明白了一个道理，保持独立，靠什么都不如靠自己，自己才是最应该依靠的人。安全感永远是自己给的。不要想在任何人身上去寻找安全感，他人可以给你，同样也可以不给你。内心的满足，需要自己寻找，内在的自足和靠自己获得的安全感，才最让人满足。

原来这世间最可靠的依赖，能给自己安全感的人是自己。趁品茶的间隙，我再次提醒陈先生：“自己才是自己最大的靠山！”

没有遗忘的爱好

“事了拂衣去，深藏身与名。”手机上有一则新闻，吸引了我的眼球——《老人酒后弹钢琴　儿子：他种一辈子地》。

2022 年 9 月 23 日，江苏无锡，老人从老家来到儿子家，父子二人喝酒后，老人竟走到钢琴旁随手弹了起来。儿子表示，父亲在老家种了一辈子的地，这么多年来，自己从不知道父亲会弹钢琴，真的出乎意料。

我相信，老人自己的才华，这么多年一定是隐藏在了生活的磨砺之中。估计从小学过钢琴，当初他应该是为生活放弃了爱好，他也一定是个有故事的老人。爷爷不仅仅是种了一辈子地的爷爷，年少时他也有过梦想，也曾是一个追梦少年，只是因为成家立业有了担当，或许不得已改变了当初的模样。

生活何止眼前的苟且，还有诗与远方的浪漫。生活中有很多人为了现实放弃了喜爱的艺术，但在骨子里却从来没有遗忘。网友“未知世界未知纪录”说，他爷爷也会弹钢琴，之前一直是在钢厂上班，八级钳工，后来自己出去开了个铁匠铺。直到去年给 7 岁的儿子买钢琴练的时候，爷爷来他家玩，看见钢琴，信手弹了一曲《在那遥远的地方》，他和他父亲都惊呆了，问爷爷怎么会的，爷爷笑而不答，他父亲也不知道爷爷会弹钢琴。

自古风流出少年，老夫聊发少年狂。有很多非常优秀的老人，只不过为了生存和生活，为了责任，被迫放弃了曾经的兴趣爱好，无奈地被现实按在地上摩擦了一辈子。

生活中，我估计有 20% 的人并不了解自己父亲的特长，可能有 80% 的孙子孙女都没发现自己爷爷身上的闪光点。爷爷在热爱和责任面前，往往都是选择了责任。

“岁老根弥壮，阳骄叶更阴。”我们可不要小瞧自己的爷爷，他们身上有许多的长处是值得晚辈学习的。同样，也不可小看走在大街和乡村道上的任何一位前辈，更不要轻视怠慢躺在敬老院不能自理的长辈。他们也曾年轻过，他们也曾有过事业有过理想，他们有他们那一代人的风情，而我们需要的是尊重他们。

人生的旅途很长，我们需要用温暖的情怀包裹着前行。谁都年轻过，都曾有过美好的理想。岁月慢慢会把一切变得平平淡淡，现在意气风发的弄潮儿，也终将会有老的那么一天。多留点关爱给老人，厚爱、尊重、呵护每一位老人，因为他们都曾是人生舞台上风华正茂的表演者。

人人亲其亲，长其长，而天下平。我为有情怀的老人喝彩！

毕飞宇的年龄比我大

有人说，苏北少年“堂吉诃德”就是毕飞宇本人。每一个作家都想构架出自己的宇宙，毕飞宇的宇宙就在水乡泽国旖旎氤氲之中。

说实话，我一直认为毕飞宇比我小，应该比我小很多。而且，总感觉，他离我很遥远。

今天早上，我看纪录片《文学的故乡》第4集《没有故乡没有乡愁，天生的小说家——毕飞宇》。活生生的“灵性”作家顿时跃然于眼前。

纪录片选择的是一个油菜花盛放的时节，记者跟随毕飞宇回到他的故乡江苏兴化，找寻他儿时记忆中的那片村庄。

故乡和童年是一个作家取之不尽的创作宝藏和源泉。看到流动的水、丰饶的土地、碧绿的庄稼以及纯朴的村民，就会感觉到其中的对应关系。毕飞宇就是从这些物象中获取灵感，滋润自己的作品。毕飞宇的故乡是苏北水盈盈的河网、黄灿灿的菜花，虽然他自称没有故乡，但“只要我在那个大地上书写过，我就有理由把它称作我的故乡”。

在《文学的故乡》这部纪录片中，毕飞宇回到了他五岁前所在的杨家庄。“请问，夏雨田家在哪儿？”“就在那儿！不远。”

一位在园田劳作的乡村大妈，浓浓的乡音，起身热情指引。循着所指方向，终于辗转找到了。此时的毕飞宇，忽然一拍脑门，浑身一个激灵，便转过身子，背朝着摄像机自顾沉浸于万端的感慨之中。从他用手拭抹眼睛的轻微动作，我看到了从他眼里流下的泪。这是纪录片中一个最长的镜头，整整一分二十二秒，静默，无声，时间停了。一个长镜头，一部片子的“神”。

看完这一段，我也流泪了。

毕飞宇，为什么如此动情？多年后，他回到他曾经住过的地方，就像是一个熟门熟路的人回家做客一样。而唯独在回到杨家庄时，他激动得掩面，他找到夏木匠家。依着片中毕飞宇的叙说，夏雨田，一个农村的木匠，生了三个女孩，想要个男孩，便抱养了一个，不料竟是个哑巴。哑巴，叫网存，毕飞宇幼年时的伙伴。

人就是人，人有情感，人也脆弱，他需要归宿，到了一定的年纪他会回望，也就是精神上的“回故乡”。毕飞宇回忆说，那时看到别的孩子玩陀螺，心里也很想要一个。一次，夏木匠拿了一块木头用斧子啪啪几下削成一个尖头，毕飞宇以为是给他的陀螺，高兴得不得了，可木匠又将木头另一头也削尖了……自己心里那个失望啊。谁知木匠又拿起锯子，将两头尖的木头从中间锯开。呀！两个陀螺，他和网存一人一个。

物是人非。如今，夏木匠已过世。网存被人喊回来了，个头不高，黑黑的，脸上皱纹很深。拉着毕飞宇的手，嘴里“呜呜呜”不知如何表达内心的激动。就在这个时候，网存顺手从口袋里掏出一包估计在5元上下的香烟，毕飞宇也同时掏出一包精致的细支香烟，但毕飞宇犹豫了一下，还是接过网存递过来的烟，兄弟之间不问烟好孬，他顺势抽完这根烟。此时毕飞宇内心是复杂的，这是三十多年没有见面的“发小”啊！

临别，毕飞宇带走了夏木匠曾用来司线的小木料。村口，网存双眼湿润，望着自己的“发小”渐渐离去的影子，越来越模糊。此时，轻轻的一缕乐音在心头流淌，那是毕飞宇心中的泪痕。

毕飞宇是一个有出息的水乡才子。他撑了一支竹篙，成功划船驶过兴化的河流，一路邂逅《青衣》《玉米》《平原》《推拿》里的人物。

在水上行路的人，是要有流水一般耐心的。我终于明白了，毕飞宇小说源头来自生他养他的水乡，他一直在船上，水的流长从没让他停止过划行。正如他在《我们兴化人是用手走路的》一文中所说：“有人问我，如何成为一个作家，我说，坚持写三十年，不要停止；我从没有怀疑过自己的能力，即便如此，我还是要说，我最大的、最可以依赖的才华是耐心。”

一直写，不要停止，有耐心。这个我信。

1964年，毕飞宇出生于兴化市大营镇，父亲是一位乡村教师。受父亲的影响，毕飞宇从小喜欢读书。1978年，毕飞宇到县城就读高中。期间，他接触到了王蒙等人的作品，于是还在读高中的毕飞宇就开始尝试创作。当时，学校、家长并不鼓励学生写作，毕飞宇只能“像做贼一样”偷偷摸摸地写。当时他最大的愿望就是考上大学，赶紧离开这个地方，到一个谁都不认识他的遥远的大世界去，看看世界究竟是什么样子的，寻找真正属于自己的那个世界。

那个世界就是南京，南京是他的第二故乡。在南京偶遇毕飞宇不难，他的生活很规律，不是在咖啡馆，就是在去咖啡馆的路上；不是在健身房，就是在去健身房的路上。除此之外，如果再选择一个地方，他会选择深夜一个人去台城。“墙外就是玄武湖，墙内就是老市区，都很漂亮。脑袋的上方则是月亮与星光，中间只有我一个人，你能感觉到什么叫天地人，他们的关系是如此地简单。”

抛开浮华，删繁就简。简单的生活，同样精彩、幸福。这就是作家毕飞宇。

对了，毕飞宇的年龄比我大。我刚才又一次查阅了资料，真的比我大，且出生地兴化离我很近，仅一河之隔。我是井底之蛙，对不起了，飞宇先生！

星光不问赶路人

“战士想不通，怎么做工作呢？”“那就要我们这些干部带头去干，做出样子来。一个好的政策，你当领导的都不去执行，谁还能相信你的政策好？谁还会跟着你一起干呢？”平山团359旅718团政治委员罗章在回忆南泥湾屯垦戍边一段大生产经历时，如是说。

把满目荒凉的南泥湾变成了“陕北好江南”，关键靠的是干部。

怕湿鞋怎能接地气？说到以身作则，我想起过去常说的一句话：“干部干部，先干一步。”意思就是，凡是我党的工作，党员干部必须干在前头，先行一步。干部在群众中的威信不是靠嘴吹出来的，工作成绩不是凭空喊出来的，而是靠自己实实在在地努力干出来的。“其身正，不令而行；其身不正，虽令不从。”倘若不能站在一个战壕里，谈何一呼百应？

慈不带兵，义不行贾。如何做人、做事、做官，是不少干部需要经常面对并正确把握的大问题，处理好了，则健康成长，反之则裹足不前。出色的干部应该是场上官吏、场下朋友，是一头仁慈的狮子。以雷霆手段，显菩萨心肠，看似无情却有情，虽无情管理，却有情操作。既雷霆万钧，又和风细雨；既敢严管，又能厚爱。剑胆琴心，剑胆是刚，琴心是柔，刚柔相济、张弛有度才是称职的好干部。

秉纲而目自张，执本而末自从。信仰、信念、信心是新时代干部安身立命的“压舱石”。高素质干部至少应具备理想家的气象、政治家的气质、企业家的气度。干部能力是干事的基础，决定你“能做什么”；干部动力是干事的条件，决定你“想做什么”；干部定力是干事的保证，决定你“敢或不敢做什么”。三者都具备，则决定你“做成什么”。干部最大的成功和幸福，是成为一个百姓念念不忘的人、一个离任后还能留下些许印记的人。

那么，把干部放到哪里最合适呢？党建专家尹卫东先生说得好，我们要把组织最放心的干部放在最不放心的岗位上，把工作能力最强的干部放在工作难度最大的岗位上，把最有潜力的干部放在条件最艰苦的岗位上，把个性特点最鲜明的干部放在最能发挥特长的岗位上，把综合实力最强的干部放在“一把手”岗位上，这样才能真正推动一个地区的高质量发展。

大事难事看担当，顺境逆境看襟怀。衡量一名干部是否合格，很重要的一个方面就是看风险关口敢不敢闯，利弊抉择善不善断，争论面前肯不肯干，非议误解能不能忍，疑难困惑会不会解。

能干、能处、能忍是干部进步前行的“大阶梯”。有得有失是人生，有快有慢是官场，自己不“攀比”，组织上用人时肯定会“对比”，甘于吃苦的人最终不会“吃亏”。干部可以任命，但好干部却是在一次次实践中打磨出来、成长起来的。干部生命历程变得更宽广和厚重的唯一办法，是做事和经历，既综合比选“排队”，也果断淘汰“掉队”，还允许破格“插队”。

星光不问赶路人，时光不负有心人。我以为，担当实干很重要，只要素质过硬、真正优秀，就一定能够成长起来；只要埋头苦干、做出成绩，就一定会得到更好使用。

干部干部，干字当头，有为才有位。

把心安顿好

同事韦本和先生说得好："在人生的所有敌人中，自己是最难战胜的。"他这么说，一定有他自己的体会。

一次茶叙时，我与韦先生聊到"什么叫修行者"。每天都要前行，因为我们都是修行者，我们唯一的目的就是认识自己的心灵及隐藏在其深处的神圣内涵。南怀瑾老先生早就回答过这个问题，那就是"修行人是永远严格检查自己的人"。

我们说人心比较脆弱，感情更是脆弱的。你看现代人易患心理疾病，病根多半在想不明白人生的根本道理，于是就看不开生活中的小事。生活中，我也经常看到一件小事情，或者说无意间的一个小误会，所有的情感就可能再也不见。

为这事儿，我们还聊到一个小故事。李培和王华是同学，也是最要好的朋友，他们同在某证券公司上班。他们公司每周日早餐是鸡蛋和牛奶，李培有胆结石，每次把鸡蛋都给王华，一直是这样的。某周日早上王华有事上班晚，李培吃完早餐把鸡蛋留给王华，可王华迟迟没有来，李培就把鸡蛋给了旁边的同事。王华来了后看到李培把鸡蛋给了别的同事就有点不高兴，但是没有表现得很明显，慢慢地王华与李培之间距离就疏远了，李培很郁闷，不知道自己哪里做错了。

从李培与王华身上,我得到很大的启示:如果有那么一个人,因为你的一点好,就原谅你所有的不好,那就好好珍惜吧。因为大多数人,只会因为你的一点不好,而忘记你所有的好。倘若想明白了,哪有看不开之理?人生在世,既能站得正,又能跳得出,这是一种高境界。在一定意义上,跳得出是站得正的前提,唯有看轻沉浮荣辱,才能不计利害得失,堂堂正正做人。如果说站得正是做人的道德,那么,跳得出就是人生的智慧。

生命,原本是单纯的。我反问老韦:"那人为什么会堕落?"

说到底,人往往是因为陷在尘世一个狭窄的角落里,心不明,眼不亮,不能抵挡近在眼前的诱惑。佛教说"无明"是罪恶的根源,基督教说堕落的人生活在黑暗中,说的都是这个道理。相反,一个人倘若经常跳出来看一看人生的全景,真正看清事物的大小和价值的主次,就不太会被那些渺小的事物和次要的价值绊倒了。

健康的心理来自智慧的头脑。最近我读了一本周国平先生写的书,书名叫《把心安顿好》,周国平先生提出了一个很重要的观点,即"好观念也养生"。韦先生是"好观念也养生"的最有益的践行者,他身上有很多优秀的品质。

韦先生家里养了一盆兰花,他对这盆淡雅兰花呵护备至。在他的悉心照料下,兰花长得十分健康,出落得清秀可人。有一次,他到连云港参加一个为期 7 天的培训班,便把这盆兰花托付给了太太,请其帮忙照看。太太很是负责任,像老公一样细心地照料。不料,有一天突降暴雨,狂风把阳台上的兰花打翻摔坏了，太太看到一地的残枝败叶，十分痛心，也害怕老公责怪她。韦先生回来后，太太向他讲述兰花的事情，并准备接受他的怪罪，可是韦先生什么都没有说。太太感到意外，因为那是他最心爱的兰花。韦先生淡淡一笑，说："我养兰花，不是为了生气。"

韦先生简单的一句话，细细想来却让人动容。有多少人在工作中垂头丧气，在婚姻里自怨自艾。我们生活不是为了生气，我们相爱也不是为了怨恨。

只有控制自己的情绪和行为，才能更好地与他人相处，不让自己被动地接受生活的安排。人，在很多时候，最难战胜的对手确实就是自己。

万古明月

目似卯酉水平静，心若恒北梨花白。这就像梭罗在瓦尔登湖畔的心境。

有的人是含着金钥匙出生的，而有的人终其一生清苦简约，但他始终对这个世界心怀感恩、心存敬畏。

1845 年 3 月，美国作家梭罗拿着一把斧子，走进离家 2 英里远的森林，砍下几棵树，在瓦尔登湖旁边盖了一个不到 15 平方米的木房子，然后在此过了两年的独居生活。他自给自足，自己种粮食蔬菜。他一年工作大约六周，就能够支付一切生活费用。

空闲的所有时间，梭罗都用于学习。他需求甚少，珍惜自由。他认为如果能够简单而明智地生活，那么在地球上维持一个人的生活，不是一种艰苦，而是一种幸福。正如梭罗所说："任何人都是自己幸福的工匠。"

时间，渐渐带走了年少轻狂，也慢慢沉淀了冷暖自知。

在这珍贵而美好的人间，饮千江之水，赏万古明月，像清风一样干净，像流云一般洒脱，真是一件快乐的事。梭罗愿意过简洁朴素的生活，并获得属于他自己的轻松和愉悦。他就像大自然一样，悠然随意，安静生长而又充满生机。

不是每个人都能做到像梭罗那样。世事如棋,走一步看三步。怎么才能不计较一时得失？那就得以梭罗为榜样，守得住繁华，耐得住性子，扛得住低谷。我们常说大道至简、繁在人心，就是这个意思。

人生路上，一边捡拾，一边珍藏，才能沉淀自己，积攒力量，积累经验。能平静地把该做的事情都做好了，生活自会在合适的时候，把它该给你的东西，一样一样地都给你。此时的我们，才能真正体会到生命的意蕴，感悟时光的静好。

岁月别催，过往不追。

仰望暗夜星空

“到处皆诗境，随时有物华。”四季有花看，处处有景赏，听鹿鸣，观星空，寻真爱，泡温泉，读水浒……在大丰这座“有腔调”的小城里，不出远门，就可以遇见“诗与远方”。如果不满足于欣赏街市如昼、流光溢彩的繁华景象，还可以来南黄海的海边，仰望暗夜星空，让时光慢一些流淌。

星空，我们每个人或多或少都对它充满了无限的好奇，它美丽、壮观而又神秘。那里，有着我们童年的记忆，与对宇宙科学的想象与憧憬。

马连义先生是野鹿荡暗夜星空保护地的创办人，多次跟我说：“你什么时候夜里去看看，会有不一样的感觉。”这里全年可观察星空达 238 天，夏夜银河、冬季猎户，星座尽收眼底，浩瀚星空一览无余。

晚风徐徐，暮色苍茫大地，海风在我耳边吹过，一颗颗闪亮的星星已经升上了黑色天幕。那一夜，我和朋友一同驱车来到世界暗夜星空保护地——盐城黄海野鹿荡，追寻星空的发现之旅。

我仰望璀璨群星，心潮起伏，感慨良多。伫立在野鹿荡大铁门前，屏住呼吸，静静凝视，不知道哪些星星是我凭吊的怀才不遇的历史名人，又有哪些星星是我视而不见的怀才更不遇的普通凡人。那一时刻，我看到的是星星，心中想到的却是那一个个活色生香的人。

怀才就像怀孕，时间久了才会让人看出来。俗话说：“千里马易得，但伯乐难求。”怀才不遇，是很多人的自我感觉。

天上有一颗星星叫孔子。孔子感叹过“道不行，乘桴浮于海”，如果大道不能推行就乘着竹筏到东海去遨游，实际上孔子这一生颠沛流离，就没有哪个诸侯国国君真正赏识过他并委以重任。反倒是孔子的学生是他最忠实的信徒和追随者。一些诸侯国国君如齐景公等也曾问政于孔子，但只是问而不用。孔子晚年回到鲁国，在他死后，鲁国三桓的叔孙武叔还挑拨说孔子的学生子贡远远强于孔子。孔子是异于当世的，能得其门而入者实在是少之又少。

天上有一颗星星叫韩信。在没有成名之前，韩信怀才不遇，寂寂无闻，受尽了白眼。他不但不为人所尊重，甚至还是个笑柄，如果没有后来显赫的功绩，他的胯下之辱可能要背负上千年。韩信选择人生中的第一个老板是项梁。韩信跳槽选择的第二个老板是刘邦。在韩信人生中最为低谷的时候，夏侯婴成了他的第一个伯乐。萧何是韩信人生中第二个伯乐。萧何从多方面考察韩信后，认为此人文通经纶，武善韬略，是个不可多得的人才，公开表示愿向刘邦推荐他。韩信苦苦等待，刘邦的调令并没有出现。他以为没戏了，在一个月光如水的夜晚飘然而去。萧何听到韩信不辞而别的消息后，惊慌失措之下，来不及通报刘邦，骑上马就去追。这就是被后人传为千古佳话的“萧何月下追韩信”。在这次辞职风波下，刘邦决心采纳萧何的建议，拜韩信为大将军。韩信终成大事。

天上有一颗星星叫李白。李白在诗歌《将进酒》中感叹：“天生我材必有用，千金散尽还复来。”正是如此肯定的感叹让人看到他的无可奈何。李白有举世无双的才华，但是这种才华注定了只能为盛世锦上添花，而不是经天纬地的治国之能。所以终其一生也只能感叹怀才不遇。一个人才高八斗，却遇不到属于自己的伯乐，只能埋没于草莽，乃至郁郁而终。但其实，哪一个风流才子不是经过了时间的沉淀？哪一个千古名人不是历经了人情冷暖？在被大家发现之前，谁人没有黑暗盲目的日子！

泥土永远埋没不了金子，是金子总会发光的。一颗流星一闪而过，让我慢慢收回远去的思绪。遥望星空，没有一丝浮云，银河里群星依旧那么璀璨。我仿佛看到了屈原、司马迁、贾谊、陶渊明、韩愈、唐寅、郑板桥等一颗颗耀眼发光的“名星”。

“仰视天一方，繁星不知数。”广袤的天空就在我头顶上。回家的路上，我再次把头伸出车窗外仰望天空，还有无数的“凡星”一闪一闪的，像一颗颗钻石挂在深蓝色的夜空中。那些“凡星”比水晶还炫美，比钻石还醒目，但是，但是我叫不上它们的名字。

“我们不用质疑别人的能力，所有的成功都不是一蹴而就的，唯有反思，韬光养晦，怀才如同怀孕，不是我们没有才，而是我们怀得不够大而已。”一起去看星星的朋友说出了我想说的话。

康德曾说过，在这个世界上，有两样东西值得我们仰望终生：一是我们头顶璀璨的星空，二是我们心中高尚的道德法则。浩瀚的星空和深邃的苍穹，是亘古不朽的自然之美。然而，我们该如何留住美丽的星空和星空下一颗颗“凡星”呢？那一瞬间，我陷入沉思……

让灵魂跟上脚步

在施耐庵公园里，我看两位老人下围棋。他们下棋的速度非常缓慢，令围观的人都感到不耐烦。第一位老人很有趣地说：“嘿！是你们在下棋，还是我们在下棋？我们一步棋考虑十几分钟已经是快的了，你们不知林海峰下一颗棋子要一个多小时吗？”旁边的老人起哄：“见笑！见笑！你把自己高看成林海峰了。”第二位老人看起来很有修养地说：“你们不知道，围棋要慢慢下才好，下得快则杀气腾腾，不像是朋友下棋了。何况第一个棋子落下后，一盘棋就开始走向死路。一步步塞满，等到围棋子满了，棋就死了，就撤棋盘了。慢慢下才好，慢慢下死得慢呀！”这段看似有所指的话，使旁边的老人都沉默了，不再有人催赶或说话。

好的围棋要慢慢地下，好的生活历程要细细品味；不要着急把棋盘下满，也不要匆忙地走人生之路。古印度有一句谚语：“请走慢一点，等等灵魂。”人若着急，就容易浮躁。只有慢下来，才能听清内心的声音。一个人走得太快，是不是要等一等灵魂？让灵魂跟上脚步。有多少人过出了“清泉石上流”的诗意？又有多少人享受着“采菊东篱下”的闲逸？

朋友王耀先生从昆山打来电话：“治愈自己最好的方式就是

忙碌和早睡。你看我现在的生活忙碌而精彩，我的生命也因为忙碌而存在。”从平淡的生活中，我慢慢咀嚼出王先生的充实与知足，从繁忙的工作中，我也渐渐地体会到他所说的快乐与精彩。

时间太瘦，指缝太宽。每天的晨练，脚步是轻盈而愉快的、心灵是轻松而愉悦的、生活是自在而充实的，是我的慢时光，让我心情愉悦，这样的状态，是我真正想要拥有的。

春暖花开，秋水潺潺，雁叫长空，彩蝶飞舞，这些美景都需要放慢脚步，甚至放慢呼吸慢慢打量，才能领略到一种幽静的美丽。时光很美，不必急着奔跑，岁月很长，不必急着眺望。不妨偶尔慢下来，感受时光的美好。我不失时机地夸奖了一下王先生：“做人如你一样，不做别人的赏物，你只要做最炫丽的自己。倾听内心的呼唤，拥有饱满的人生。尽管你忙碌，但日子是充实的、平淡的，这已经足够了。”

人生就是一个磨炼的过程，如果没有酸甜苦辣，永远也不知道什么是成熟。偶尔给自己一点儿时间和空间，来洗涤一下内心的尘埃，把脚步放慢，等一下灵魂，去感受一下生活带来的美好，那也是一件很幸福的事。

忙而不慌，所有经历都是成长。时光越老，人心越淡；心依暖阳，我静候花开。

游牧时光

“草原是游牧人的家。草繁茂，天静谧，隐约中，月色多情撩人；心畅想，天幕邃，思无涯，落寞飘过时光。”最近两年爆红于网络的这首《游牧时光》，由余启祥作词，绍兵作曲，藏族歌手齐旦布将曲子深情演绎，抒发了草原牧民的自由、豪迈与浪漫。

悠扬的马头琴声响起，伴着醇厚而富有磁性的嗓音：“我愿我所有的愿望，追随你走在每个迁徙的牧场；像我放过的马儿一样，让爱的旅途都沾满阳光；是你在我身上刻下游牧时光，我愿把心儿放在你的歌声里飞翔……”

如梦如幻中，我仿佛置身在一望无际的大草原上，感受着游牧人飘荡四方的生活，怀念曾经餐风饮露的伙伴，追寻相聚又离散的知心朋友：你在天涯何方？一曲《游牧时光》，就像一枚芬芳又酸楚的书签，夹在有限的人生书页里，慢慢地让人去细细品味。这歌声——韵悠悠，深中隐厚，寥廓的天空，博大的草原是牧人无比深远的胸怀；意绵绵，沁人肺腑，多情陶醉，思念缠扰是俊男靓女如泣如诉的心声；情深深，直抵心房，思绪神飞，爱在远方的人们在接受草原的倾诉。

很多人心目中的草原，就一个“美”！那一望无垠的绿茵，那随风摇曳的花朵，那蜿蜒在草地旁的小河，那飘浮在蓝天上的白云，无一不令人心驰神往。我们不由自主地融入歌声、走进草原，接受草原的雨露，分享草原的丰饶。说《游牧时光》是草原歌曲也许贴切，也许又不全然。咀嚼歌词之后，浅悟出像草原上原生态的牧人生活，又像是草原上的爱情、友情。

其实，每个人心中都有自己不一样的“草原”，也有自己不一样的“游牧时光”。如此这般的撩动与共鸣，让更多的人听到这首歌之后就爱不忍释，百听不厌！

你看，一碧千里的草原风光，悠扬的马头琴声，浑厚高亢的民歌，纯朴热情好客的同胞……草原千年缓慢悠长的时光下，尽是牧人、羊群的“相依相爱”。在这里，只有生活的坦诚而毫无隐逸。听着听着，我听懂了依附在《游牧时光》歌曲后面的内涵，那是草原游牧文化的厚厚墩墩，以及蕴藉在牧人日常中的细节之美、生活之美和豪放之美。

花开香无言，绿叶缀盛夏，风吹起波澜，流水看人间。游牧生活固然辛苦，但只要有爱陪同，有情相伴，那就是幸福、甜蜜的。触类旁通，启发实多。我们游离于草原之外的人，也应该时时刻刻铭记自己心中最难忘的“游牧时光”。珍惜当下，怀念时光。

不管明媚还是忧伤，都是生命途经岁月后的沉淀。人生充满劳绩，却可诗意地栖息在大地上。

岁月倥偬，时亨运泰。牧人们跋山涉水，浸润悠悠而吟哦讽味，直情径行而神驰远方。我们每个人都有自己的迁徙，不管从哪里开始，到哪里停歇，似乎都想给心灵找一处温暖的归宿。一首《游牧时光》不经意间传入耳畔，乍一听悠扬，再一听难忘，听得让人禁不住沉醉其中，去寻找那片自由的牧场，去渴求那个心灵的港湾。

我身居黄海之滨，喜欢大海，因为“海”有宽阔浩瀚的胸怀。我把大海比作草原，因为“原”也有浩瀚的气派。绿地和大海、红花和浪花、海边人和游牧人，一样豪情而和谐、一样是天地间的过客，在现实生活中放牧时光，有追求，也有共享。

《游牧时光》引入了我的笔端，走进了我的生活，也潜入了我的心里，落字生香。

艰险的峡谷

生命是顽强勇敢的。

小时候，夏日午后，榆树下面，我喜欢和小玩伴一起玩耍。

那天，我们一起观察一只孤独的蚂蚁“赶集”，小玩伴调皮地把那只蚂蚁捉到了小方桌上，一不小心把它的一只脚弄断了，它变得四脚朝天。我以为蚂蚁死了，不料它翻了翻身，奋力想逃脱我们的追赶，只见它跑到桌子边，用它那微小的身体撞向了坚硬的地面。我惊呆了，真不敢想象一个弱小的生灵对生的渴望竟是如此地强烈！

生命是一条艰险的峡谷，只有勇敢者才能通过。水熊是世界上生命力最顽强的动物之一，可以在没有防护措施的条件下在外太空、喜马拉雅山脉、温泉、南极和深海 4000 米以下生存。

科学家通过实验还发现，水熊能够在零下 272 摄氏度生存，高温 151 摄氏度也不会死亡，并且通过超低温冷冻再解冻，它依然可以复活，它的生命力何其坚强。

水熊是在用行动来诠释生命的不屈！我听说过一个故事，美国马萨诸塞州有只名叫弗兰肯路易的公猫，生来有两张脸。这种情况的发生概率仅有百万分之一。有这种生理缺陷的猫的寿命通常不过几十天，可弗兰肯路易却已活了 12 年。

人也一样，生命在勇敢和坚强中辉煌。许多时候，我们前怕狼后怕虎，并不是我们没实力去征服，而是为心中的担忧所羁绊。只要我们心无旁骛，一往无前，就会惊奇地发现，原来很多事情并没有预料中那么难，也没有想象中那么绝望。

世界永远是公平的,就如阳光普照大地。对于一个强者来说，他的人生词典里没有失败，没有挫折，没有什么过不去的难关，有的只是一个接着一个的挑战，一次接着一次的经历，一段接着一段的不同境遇。

岁月极美，在于它必然的流逝。生命的美好也在于顽强，是顽强创造了生命的奇迹。

伏久者飞必高

《菜根谭》说："伏久者飞必高。"有天晚上，我与河北唐山的张学中先生通话，聊到南方人与北方人。我说，您肯定是北方人，我老家在江苏的中部，也说不清是哪一方人。其实，话题还是从竹子的生长说起的。

北方人对竹子可能比较陌生，在南方竹林很多很茂盛。我从一篇文章中得知，竹子的生长很有意思。竹子用四年，仅仅长 3 厘米左右。从第五年开始，以每天 30 厘米的速度疯狂地生长，仅仅六周的时间，就能长到 15 米。其实，在前面的四年，竹子将根在土壤里延伸了数百平方米。"在土中蛰伏生根，破土而出一刹那，遇春雨疯长"，这就是竹子一生中的三次生长。做人做事亦是如此。做人当如竹，守其形，不随波逐流；固其心，刚柔并济；坚其志，不屈不挠。人生需要储备，只有经得起磨难，扛得起责任，付得起努力，将根扎深，再不济，也能大器晚成。这样的人生故事太多了。

"在成名前自己演戏演了 20 年，经历了一个从量变到质变的过程。正是这个过程，将自己的演技提高到了爆发期。"这是张嘉译说过的一段话。张嘉译的人生如竹子一样坚强、柔韧，适应力强。1991 年，张嘉译从北京电影学院毕业后留在北京发展，干杂活、跑剧务、当副导演。活没少干，但仍旧只能艰难度日，几年之后他回了老家，在西安电影制片厂工作。可在老家的那几年，他发现能拍戏的机会很少，为了接更多的戏锻炼自己的演技，他决定重返北京，继续当“北漂”。那一年，他 30 岁。

接下来的十年时间，张嘉译先后拍了十七部电影和上千集电视剧积累经验。多年的跑龙套生涯，既提高了他的专业技能，也增加了他的生活阅历。2009 年他终于凭借在电视剧《蜗居》中的出色表演，一炮而红，此后片约不断。

看见别人辉煌的时候，不要嫉妒，因为别人付出的比你多。太多的人在人生低谷时，不为人注意，只是不动声色地成长。比如，我们熟悉的邓亚萍，她从小热爱乒乓球，也梦想着有朝一日能在世界赛场上大显身手。可由于身材矮小，一度被体校拒之门外，但她不气馁，一直跟随父亲学习打球，最终实现了梦想，成了乒乓球历史上最伟大的女选手之一。在她的运动生涯中，她总共夺得了 18 枚世界冠军奖牌。人生需要储备，厚积薄发。又有多少人，没能熬过那 3 厘米？其实，不要担心你此时此刻的付出得不到回报，因为这些付出都是为了扎根。

说起钱锺书的满腹经纶，人们往往归功于他的天分高，记忆力强。其实，钱锺书的学问能如此博大精深，更多的是来自后天手不释卷的苦功。钱锺书大学同窗许振德这样描述他：在校时，以一周读中文经典，一周阅欧美名著，交互行之，四年如一日。每赴图书馆借书还书，必怀抱五六巨册，且奔且驰。且阅毕一册，必作札记……代表他学术成就的《管锥编》，引述 4000 多位名家的上万种著作中的数万条书证，汪洋恣肆，博大精深。有些人可能不知道，他进入清华后，目标是“横扫清华图书馆”。他的治学心得是：“越是聪明人，越要懂得下笨功夫。”“心心在一艺，其艺必工；心心在一职，其职必举。”

人与人之间的博弈，始终没有停止过。作为一个普通人，想要取得成功，很长一段时间，都可能是在黑暗中摸索。就像竹子在地下，不断向周围蔓延一样。把根扎进泥土，把毫不起眼的竹笋附在竹根上，这一系列的过程，没有谁可以看到。我读历史时，对唐朝宰相元载印象比较深。他出生在一个普通家庭，家境贫寒。为了改变命运，小时候的他走路去参加乡试。但时运不济，他多次参加乡试，也没有及第。唐玄宗时期，征求精通道家学说的人才，元载积极应试，中了进士，从此走进了官场。有道是，一个人步入仕途，就能顺风顺水。这只是一种想象而已。当年，宦官的力量很大，元载只能低头，委曲求全。据《唐国史补》记载，宦官鱼朝恩故意在文武百官面前显摆自己，还含沙射影地羞辱元载。元载却不反驳，也没有露出愤怒的神色，表情很自然。鱼朝恩私下对人说：“笑者不可测也。”在安史之乱过后，他深受唐代宗器重，做了宰相。身在高位的元载，仍旧保持低调，不与他人争权。大历五年，唐代宗设宴，庆贺寒食节，并在席上说鱼朝恩的工作，鱼朝恩大声争辩，非常傲慢，周围的武士，迅速把他拿下。我在想，如果元载不能做到“沉默”，他的人生路，早就被鱼朝恩挡住了，根本就没有翻身的机会。

《老子》中有云：“大器晚成，大音希声。”意指越是大才能的人，通常越晚成功。学习竹子向下扎根，向周围蔓延的精神，我才真正地知道了“沉潜”“聚力”的意义。成才不是一蹴而就的，成功也不是机缘巧合，哪有什么人生开挂，只不过是厚积薄发罢了。

小书房里的大世界

文化是一个城市的灵魂，文化也离不开书香的滋养。在市民家庭生活中，书房正扮演着日益重要的角色。对于喜爱读书的人来说，有一间属于自己的书房是一件很幸福的事。只要进了自己的书房，就可以忘记世间一切，独自沉浸在阅读的世界中，畅游在故事的海洋里。

书房在古代又叫书斋，是专门用于阅读、书写、清修或工作的地方。茶香墨韵，书里芳华，书房骨子里的风雅，一刻便悠然。

《书斋说》里讲："书斋宜明朗、清净，不可太宽敞。"中国人的书房讲究的不是空间大，而是明净、清心、舒畅，太宽敞反会损伤目力。

书房文化是悠久的。很多名家都会给自己的书房起个名字，比如黄宗羲的书房叫作"惜字庵"，张溥的书房叫作"七录斋"。不知道您的书房有没有名字？

乾隆皇帝的书房名字叫"三希堂"。"三希堂"名气很大，被称为"故宫中最小的房间"，面积仅有 8 平方米，然而这却是乾隆一生中最喜欢待的地方，也是他最宽阔的精神家园。

关中大儒牛蓝川先生写过这样一句诗："炎凉不到神仙府，

出入只需上下阶。欲问天心何处是，春风常在读书斋。”李白的书房叫“青莲故居”，蒲松龄的书房叫“聊斋”，刘禹锡的书房叫“陋室”，梁启超的书房叫“饮冰室”。他们的书房都不大，但他们都在小书房里写出了大文章。

“无丝竹之乱耳，无案牍之劳形。南阳诸葛庐，西蜀子云亭。孔子云：‘何陋之有？’”晋人车胤少时家贫，点不起灯，夏天夜里捉了很多萤火虫，放在囊里，利用萤火虫的光来读书。寸步即世界，哪里能读书，哪里便是车胤的小书房。

散文家姜琍敏说得好，我们纵不能栖居山林，但即使混迹世俗都市，在充满浮躁的当下，最好也有一间书房，雅致清丽，不求奢华，但求简约，确有意境。书房是作家最不设防的地方，因为你的一切想象、思想在书房里都是赤裸裸的，都要真诚地表达出来，读者不需要看一个虚假的字。同时，书房又是作家向外发射子弹的战壕，是安顿自己心灵的地方，是充满诗情画意的地方。在人们的印象里，作家可能都是奋笔疾书、十年寒窗、挑灯夜战地写作，然而冯骥才说：“远非如此，我要告诉你们一个真实的作家的书房和作家生活。”于是便有了《书房一世界》这本书。

室雅何须大，花香不在多。书房，容身即可。无论外面如何喧嚣，进入这个小小的空间，宛如到了一片净土。有时候，不用翻开书本，只是抬起头，静静地看一看书架上一本本书册，就会觉得非常地富足和充实。这是一角能放逐精神和心灵的地方，这是一处能与先贤和诸前辈跨越时空交流的场所。

家庭中最珍贵的地方就是小书房，最好的财富就是满满的书籍，阅读为家庭生活增添了无尽的快乐与趣味。

腹有诗书气自华。爱阅读的人，自然会带有一股书卷之香，给人如沐春风的感觉。

一间小书房，既惊艳了岁月，也温柔了时光，真好！

一扇开启的门

“命”和“运”决定人的一生。我读完吴军先生的《见识》一书后，感慨颇多。

什么是见识？我看，最好的解释是撒切尔夫人的一句话。她说：“注意你的思想，因为它将变成言辞；注意你的言辞，因为它将变成行为；注意你的行为，因为它将变成习惯；注意你的习惯，因为它将变成你的性格；注意你的性格，因为它将决定你的命运。”也就是说，命运从一开始，在很小的事情上，就被决定了。

一个人的见识有多重要？我总是听到一个声音，说某某人太小家子气，某某人成不了大器。小家子气，其实就是缺乏爱、没见识的表现。穷人也有不贪的，富人也有极度贪婪的。我说这跟有钱没钱没有关系。这不，在一次某公司内部展开的中秋抢月饼活动中，四名程序员修改脚本，瞒着公司多刷了 124 盒月饼，被公司无情开除了。这话怎么说？

你看，社会上总是不断发生这样那样的事情，难免让人无奈和愤慨，究其原因就是很多人缺乏最基本的见识。一个人的见识，很大程度上决定了他的思维方式和行为准则。一个有见识的人，不会因为一点点个人好处和私心，破坏社会的规矩，损害其他人的权益。我想这也是最起码的做人准则。

昨晚，我看到手机短视频上有人说：人生有三重境界，一是看远，要有远大的人生奋斗目标，不被眼前事牵绊；二是看透，能够透过纷繁复杂的百相，看到生活的本质；三是看淡，看淡世间名利与表面浮华，从容地面对人生。对此，我深以为然。其实，一个努力奔走的人断然不会随便改变自己的想法，他们会为了梦想让自己变得更强大。

有这样一个有趣的故事，令人回味。著名的小提琴家谭盾，初到美国时，只能靠拉小提琴卖艺赚钱。后来他认识了一位黑人琴手，很幸运的是，两人一起争到了一个最能赚钱的好地盘——一家商业银行的门口，那里人流量很大。可是在赚取了一些钱之后不久，谭盾就和黑人琴手道别，进入音乐学院深造。因为他一直没有忘记自己还有一个更大的目标——成为世界级音乐大师。多年以后，谭盾再一次路过那家银行，发现昔日那位老友，依然在最赚钱的地盘上拉琴，脸上还带着陶醉与满足的神情。当那位琴手看见谭盾突然出现时，便问他现在在哪里拉琴。谭盾回答了一个很有名的音乐厅的名字，琴手反问道：“那家音乐厅的门前也很好赚钱吗？”这位琴手所不知道的是，此时的谭盾已是世界级的小提琴家了。这个故事同时也告诉我们，一个人的见识有多远，也就决定了他能走多远。

凡办大事，以识为主，以才为辅；凡成大事，人谋居半，天意居半。庄子在《秋水》一文中曾这样写道：“井鼃不可以语于海者，拘于虚也；夏虫不可以语于冰者，笃于时也；曲士不可以语于道者，束于教也。”这段话的意思是说，井里的青蛙，不可能跟它们谈论大海，是因为受到生活空间的限制；夏天的虫子，不可能跟它们谈论冰冻，是因为受到生活时间的限制；乡曲之士，不可能跟他们谈论大道，是因为受到教养的束缚。没有见识，视野就被局限了。我经常有这样的体会，与某些人讲道理永远讲不通，他就“硬犟”加“死犟”。我也明白，这并非是那些人故意要和我作对，而是大家的认知水平根本不在一个平面上。一个人能走多远，取得多大的成就，很大程度上都取决于见识的高低。

举凡办大事，首先需要见识和眼光，才能只是辅助。研究历史的人都知道，秦朝末年，刘邦率军率先攻入咸阳。诸将一窝蜂地去争抢财物、美女，而萧何一不贪恋金银财物，二不迷恋美女，而是迅速跑到丞相府，对秦国的户籍、地形、法令等图书档案逐一进行清查，分门别类，登记造册，统统收藏起来。后来，项羽一把火烧掉了秦宫。而刘邦凭借萧何收藏的文献档案很快掌握了天下形势，对要塞关隘、人口分布、物产货殖等了如指掌。这些材料为制定正确的方针政策和律令制度找到了可靠的根据，对日后西汉政权的建立和巩固，起到了巨大的作用，萧何功不可没。后来，刘邦论功行赏，说：“逐鹿天下，萧何是我的贵人，你们都是我的猎犬。”满朝功臣，只把萧何比作人，可见萧何在刘邦心中分量之重。

是的，一个人能走到多远，飞得多高，见识太重要了。见识是生活及工作中的底层逻辑，换言之，也就是价值观。每个人对于生活有不同的需求和向往，生活也没有亏待每一个人。让自己一点点向前迈进，毕竟人生就是一场修行，就像逆水行舟不进则退。为此，享受生命中的每一段旅程，拓宽视野、增长见识，都将成为我未来人生中一笔宝贵的财富。

见识，如同一扇开启的门，引领我穿越时空的隧道，让我探索未知的边界，品味生命的奇妙与丰盈。见识，是一本关于个人精进的书。读一本好书，就是与一位智者交谈，我与这位智者相见恨晚。

蚂蚁搬家

今天，在湿地公园散步，弯腰系鞋带的时候，偶然见到一群蚂蚁在搬家，瞬间激起了我小时候与蚂蚁的情缘……

小时候，老家房子门前都是方方整整的泥土晒场。那时，没有游戏机、没有电视、没有电脑、没有网络、没有电子玩具，那我们玩什么呢？

一个人的时候，我最喜欢蹲在晒场边上，看蚂蚁搬家，而且会随着它们的移动，也跟着挪动。

暑假的日子里，看蚂蚁搬家能呆呆地看一下午，还觉得特别有趣。我观察过，蚂蚁独行时，总是行色匆匆，回巢的蚂蚁和搬运的蚂蚁就不一样了。兴致来的时候，我总是喜欢捉弄一下蚂蚁，用细树枝拦住它们的去路，或者用碗盛些水，倒在地上形成“人工江河”，然后把饼渣儿弄碎了撒在蚂蚁洞口，等着先头蚂蚁发现，再看它去通知援军，一个接着一个搬运起来，逐渐排成队汇成线，有条不紊地把饼渣搬回家。看蚂蚁搬家，总感觉不到时间在流走，犹如观赏了一场电影，兴奋不已。

蚂蚁有自己的国，有自己的家，有自己的团队。我从小就发现，蚂蚁是一个群落一个群落生存的，这个群落与另外一个群落是不一样的。当蚂蚁成群结队前行时，就像一支部队。每只蚂蚁都跟对面逆向而来的伙伴“碰头”打个招呼。这也让我好生疑惑，很是奇怪，它们为什么会这么做呢？

记得那年初夏，下午放学回家，在晒场边上又一次看到一只孤独的蚂蚁，在地上走来走去，不停地寻找食物。

此时，我来了兴趣，想与蚂蚁一起玩一场游戏。我从家中碗橱里的饭盒中，捏了一个玉米饭团，放到那只蚂蚁前方；它碰到了饭团，然后绕着食物转了一圈又一圈，估摸一下“战利品”的大概尺寸，然后扭头就往家跑。我猜它这是去送信了。回家的路上又碰上另外一只蚂蚁，二者触角碰了一碰，像是告诉伙伴，发现了可享用的食物，大家赶快分头回去通风报信，扩大信息传播范围。

不多时，有很多蚂蚁从四面八方向着同一方向进发，像是一场围捕行动。看不出他们用了何种智能定位技术，但是它们都能准确地找到米团，然后便七手八脚地前拉后推。有时候还会有很多蚂蚁搭不上手，只能在外围干瞪眼，急得直转圈儿。

后来，只见一只大的蚂蚁在前面“指手画脚”部署工作，分配任务，接着它们以组为单位，分头作业，八个方向同时出击，即刻拿下小饭团。我不禁感慨：蚂蚁是这世界最有团队精神的生灵之一。

一根筷子容易被轻轻折断，一把筷子可以牢牢抱成团。如果问我最团结的生物是什么，我会毫不犹豫地选择蚂蚁。蚂蚁的力气非常大，也非常聪明。它们的行动证明，只要相互配合、共同努力，一定能取得非常大的成功。蚂蚁团结一心搬家运物的故事告诉我，做什么事情都要团结一心，这样再大的困难也会被克服。

小时候看蚂蚁搬家的那种兴奋的感觉，越来越成为我的追忆。“蚁”心齐，泰山移。今天公园里的蚂蚁搬家，还是过去的家吗？它们的日子过得好吗？

于安静处读热闹

“人类不快乐的唯一原因是他不知道如何安静地待在他的房间里。”与王先生闲聊，他认为喧嚣与安静这两者是对立的。

我却以为，凡事都有两面性，这两者不应是矛盾的，而是可以共存的。

人生，不能没有进取，我们应该用进取的“动”创造人生的辉煌。蛹脱壳而出，化成翩翩飞舞的蝴蝶；苗在岩石缝中扎根，开出艳丽的花；鳠飞越太平洋，最终拥有一个幸福的家庭。万物进取，才创造了欣欣向荣的美好世界。人生仅仅求“动”是不完美的。“静”才会安抚心灵，让身心享受愉悦，让人生呈现坦然。内心若是平静的，即使外界风波四起，也能微笑从容面对。东山魁夷说：“人人心里都有一泓清泉，它滋润你干涸的内心，谁都想让它的清凉来防止自己的心过分炽热。可是，你的清泉为何渐流渐止了呢？”

我在女儿的书橱中，翻看过一本寓言故事集，有一个故事很有意思。从前有一个国王征集能够表现安静的画作，并且决定对最能体现安静的那幅画作的画家给予重奖。许多画家都争先恐后地把他们自己认为最能体现安静的画作呈给了国王。其中一幅画很独特，上面画着群山，但都是一些粗犷的，光秃秃的山。不仅如此，天空中还乌云密布，电闪雷鸣，大雨如注。而在大山一侧的峭壁上，一挂瀑布飞流直下。整幅画看起来根本就体现不出一丝安静。但是，当国王靠近仔细端详的时候，却发现在那瀑布后的岩石缝中有一小丛灌木蓬勃地生长着。而就在那些灌木中间，一只鸟妈妈做了一个窝。画面上，鸟妈妈正静静地坐在她的窝里，谛听着瀑布那湍急奔流的水声，那神情是那么恬淡安详，那么怡然自得。于是国王毫不犹豫地选中了这一幅画。

美好的人生，应该是“动”与“静”的巧妙相融。我们说生命中除了进取的“动”，另外还有一种至善至美的境界，蕴藏着强大的力量，把最明净、澄澈的一面推至灵魂深处，这就是静。这是心灵发出的深呼吸，这也是喧哗与浮躁中的宜人阳光。

周国平先生也曾说过，人生最好的境界是丰富的安静。安静是丰富自己，不是物质的丰富，是内心的丰富，是精神的丰富。在我们生活的当下，有的人沉溺于人世浮华，有的人专注于利益法则；有的人退出他人的热闹，回归自己的世界。

高质量的安静，胜过低质量的热闹。安静不是说在某个地方没有一点儿噪音。安静是当我们身处外界所有的纷繁嘈杂、烦扰困惑甚至是艰难挫折的时候，内心依然保持一分平静安然。我们生活在一个信息过度发达的时代，繁杂的各种信息总是会让我们应接不暇，也使我们变得浮躁不安。但是，安静却可以让我们不为外界的喧哗所扰，径直回归自己内心世界的本真安宁，获取精神世界的饱满丰盈。

其实，安静是一种生活姿态，它来自我们对恬淡生活的追求，是静享内心的蓬勃与丰富。心中若有一方净土，脚下才会有一片坚实的田地。

凌晨四点半的哈佛图书馆

刷手机短视频时，偶然看到一个话题："你见过凌晨四点的北京吗？"我的大脑记忆开始高速运转。循环往复地搜寻，尽可能不遗漏任何零碎片段。我确定没有亲眼见过。但从我在美国的表哥吴晓晖先生口中知道，凌晨四点半的哈佛图书馆，灯火通明，座无虚席，令人惊叹。原来，哈佛能够培养出如此众多的优秀人才，长久稳居常春藤八大盟校之首，不单是因为雄厚的师资力量，同时还有学子超乎寻常的勤奋努力。

人都是逼出来的，不逼自己一把，你永远不知道自己有多优秀。这话一说，有十年了。在省委党校学习班上，一个知名教授对我们台下一帮学生讲："我们最可怕的敌人不是怀才不遇，而是我们的踌躇、犹豫。将自己定位为某一种人，于是，自己便成了那一种人。活出自我，从拒绝'标签'开始。"

回来后，我就仔细琢磨这句话的深层含义。这句话是美国作家海伦·凯勒说的。她年幼失明失聪，却不向命运屈服，克服了常人难以想象的困难，学会读写，考上哈佛大学德利克夫学院，掌握了五种语言，并在一生中完成了14部著作。美国《时代周刊》曾将她评选为20世纪美国十大偶像之一。

她有多了不起！美国作家马克·吐温是这样评价的："19

世纪，最值得一提的人物是拿破仑和海伦·凯勒。”身受盲聋哑三重痛苦，却能克服残疾并向全世界投射出光明的海伦·凯勒，以及她的家庭教师莎莉文女士的成功事迹，说明了什么呢？答案很简单：如果你在人生的道路上，选择了勇气、热爱、努力作为支点，那么再高的山峰也能被你踩在脚下，你就能攀登上生命之巅。

读完海伦·凯勒的故事，我不禁陷入沉思：海伦虽然有着残疾的身体，但是她通过不懈的努力，最终取得了杰出的成绩。我们作为正常人，做事情为什么不能像海伦一样勇敢地迎接挑战，努力学习呢？

我清楚地记得，当时教授在讲台上继续忠告我们这批学生：“可怕的不是不努力，而是比你厉害的人还比你更努力。观望者永远在观望，行动者永远在行动。”我想，教授的作用不仅仅是传授知识和技能，更重要的是引导人们树立正确的价值观和思维方式。

无独有偶，前不久南京师范大学的彭小辉教授来到我们小城又讲了一课，也提到“努力”这个话题。课后他给我讲了一个案例，很受益。

故事发生在某集团。在集团售楼处当过 2 年售楼小姐的卢女士，于 24 个月的售楼生涯中，拿过 7 个月的销售冠军。那一年，卢女士到美国发展，在洛杉矶的一处偏僻之地开了一家房产中介所。地段差，人流量小，中国人也少，但短短 4 个月之后，周边的竞争对手惊讶地发现，许多老客户已经跑到卢女士的中介所去了。她为何如此成功?

卢女士觉得原因很简单，她比别人更拼命。“我从 17 岁就习惯了早晨五点起床，除了生病，这个习惯没有改变过。在集团卖楼时，别人一天打 50 个电话，我打 150 个；别人一天接待 20 个客户，我接待 60 个；别人觉得嗓子疼就请假，我买片药继续加班。也许是童年时代养成的习惯，闲下来我就有危机感，必须不停地忙，不断地做事情。我总认为，一定有人比我更努力，如果我稍作休息，就可能被甩得连别人的影子都看不到。”凭借比别人更拼命的精神，她在国内是销售冠军，到了洛杉矶仍然是冠军。

我也曾观察石匠的功夫人生。当我无助沮丧的时候，看到了小石匠在不停地敲打着石头，似乎敲打了上百次也没能在石头上留下任何裂痕，但就在他敲第一百零一下的时候，石头突然裂成了两半，我知道并非那最后一下击碎了石头，而是之前一百次积累的馈赠！这世上，从来没有无缘无故的成功。由量变到质变的过程，需要付出努力、辛劳、汗水，还有坚持。

你看作家金庸。他是“中国武侠小说四大宗师”之一。他的《天龙八部》《神雕侠侣》《倚天屠龙记》《雪山飞狐》等十几部作品，是他每天不间断地写，写了 17 年才写出来的。

你再看石悦，也就是《明朝那些事儿》的作者当年明月。在谈到自己的成就时，他说：“比我有才华的人，没有我努力。比我努力的人，没有我有才华。既比我有才华，又比我努力的人，没有我能熬。”

我还从另一个侧面看村上春树。村上春树十分迷恋长跑，他曾问日本著名马拉松运动员俊彦赛科：“你有没有这样一种感觉，今天我不想跑，只想待在家里睡觉？”俊彦赛科看着村上春树，认真地回答：“当然有，而且我每天都会这么想。”强者其实与普通人没有太大区别，也会怕累，也想偷懒。而他们之所以成为强者，就在于面对人之本能的好逸恶劳，选择了勇敢挑战。挑战自我，超越自我。

《大方》杂志曾报道过村上春树的日常生活。村上春树说：写小说的时候，我每天早上四点左右起床，从不使用闹钟。然后，写五到六个小时。每天写 10 页，每页约 400 字，10 页写完后立即停止写作。对于我来说，一天只有 23 个小时，因为一个小时是用来锻炼的，而且雷打不动。

人其实是有很多劣根性的。其中，瞻前顾后和惰性是依附于人类的最常见的陋习，也是潜伏于人性中最可怕的敌人。我看到的现实是努力了，争取了，可能不一定会成功。但是，不去主动争取和努力，那是一点机会都没有的。

人的潜力如弹簧，被压缩的程度越严重，反弹力就越大。要做命运的主人，不能给自己找各种“借口”。如果只做犹豫和惰性的奴隶，不思进取，得过且过，那么人活着还有什么意义和价值？

深入骨髓的热爱

"您坚持做一件事的动力是什么？是做成后的成果的诱惑，还是做不成的后果带来的压力？"学生采访陈素琴老师问道。

陈老师说："我的方法是，简单的事情重复做，在做事的过程中享受趣味。"

"那么，怎么才能成为一个优秀的人呢？"学生又追问。

"要想成为一个优秀的人，肯定是必须有自己独立的思想、人格和一些好的行为习惯。很多人之所以不太优秀，大多是因为茅塞没有顿开。每个人都有茅塞顿开的时候，只是有些人晚点儿，有些人早一些。早一些顿开了的人，都是提前觉悟的人。"陈老师启发学生说。

陈老师的意思是，每个人都可以成为一个优秀的人。每天反复做、坚持做正确的事情，会造就一个人，这个人会变得越来越优秀。这个观点，你相信吗？

如果你每天专注于思考与创造，你慢慢地就会发现，你的思路越来越宽，创造力越来越强，而前方的路也越来越清晰。

太多的成功案例证明：一件简单的事情，你坚持做，反复做，重复做，一直做……有一天当你环视四周，突然发现身边已经没有了同道的竞争与拥挤，身后追赶者也已没了踪影。此时，足以说明你已经走在了优秀的道路上。

姜爱清先生是我的一个朋友,他每天晨练乒乓球。刚开始时,他先找专业教练进行有计划的“魔鬼式”训练,有一定基础后,又实施“训赛综合递进法”,边练边赛,边赛边练,不断改进自己的动作,不断提升自己的能力和水平。十年下来,天天如此,使他成为晨练营中可圈可点的高手。有人好奇地问,大年初一呢?也是一样练球吗?当然!一件事坚持做十年、二十年、三十年,甚至半辈子,那么这件事就会做得很有成就,很有价值,很有意义。姜先生能够坚持十年持续做同一件事,那这件事一定对姜先生很重要。姜先生已经五十多岁了,能坚持,就说明他对这件事本身已经不再是刚开始的热情了,而是已经深入骨髓的热爱。我想,每天晨练,一定是一件让姜先生非常快乐的事。

倘若有人想跟姜先生较量,他需要经历漫长的时间去沉淀自己。作为乒乓球业余爱好者,又有多少人有这个耐心呢?

这个世界上缺少的是坚持,是十年如一日地做一件事。其实,成功者永远是少数,成功的道路上并不拥挤。

道路都是相通的。你从哪个法门都是可以入道的,这个法门就是你能真正专注投入的那件事。唐家三少为什么版税收入上亿?首先离不开他的勤奋,他每天坚持写作,全年无休,持续写作二十年。波仔炒粉为什么年赚几百万?因为人家炒米粉炒了十三年,从底层一路坚持炒上来。所以很多时候很多事情,只要坚持就能看到希望。一件事你坚持一天没效果,但是你坚持十年、二十年、三十年呢?不管是什么事情,只要你足够专注、沉浸地去做，最后都有可能洞悉大道，收获你意想不到的成果。

亚里士多德说："人生最终的价值，在于觉醒和思考的能力，而不只在于生存。"优秀，表面看是一种行为，其实是一种习惯。

如果重新来过

《世界尽头的咖啡馆》一书里写道："当自己为实现存在意义而努力时，幸运的巧合就自然出现，他们管这个叫顺其自然。"

凡是过往，皆有所得。要不是在疫情那段特殊的日子里亲身经历，我恐怕这一生也不会有这些深刻的体会。人生是一个残酷的现实，生命，是无价的财富。一个人能在自己有限的人生中，躲开天灾人祸，安然无恙，那便是最好的福报。

生活中时有这样那样的意外和悲剧在发生，没人能预料到，明天会是什么，又或者下一秒会怎样，谁也不知道明天和意外哪个先来。人生之事十有八九不如意，小挫折、小意外你我都会遇到，但是如果你只有顺风顺水的准备，面对突如其来的变故，就会感到无助和恐惧，从而陷入沮丧和消沉之中。

每当遗憾出现时，我们总感叹"如果能重新来过"多好。可惜，人生没有如果，只有后果和结果。人生，充满着欲望与夺取，很多人总喜欢得到一些并不需要的东西。

有人以为，要得到许多物质财富，才算拥有幸福，于是他们常常为贪念产生的欲望所裹挟。一个朋友的妻子贾女士，看见别人买大房子，不顾自己的经济条件，也要买大房子；看别人的孩子上补习班，不顾自己孩子的想法，也要孩子去补习班；

看见别人用精致的化妆品，不顾个人的年龄，用了不适合自己的品牌……

结果呢？贾女士为自己背负了一生的包袱，惹来了孩子的叛逆，增加了岁月在容颜上的痕迹。本来，贾女士并不需要这些，完全可以舍去。

我以为，舍得的意义就是忘记本不该属于自己的东西，忘记因失去而带来的烦恼。有些事情，既然得不到，就释然舍去，不必强求。其实，幸福是一种感受。拥有好的胃口，哪怕青菜萝卜也可以吃得很香；拥有好的睡眠，哪怕只是一张窄窄的小床也会睡得安心和坦然。

生活里是否有些许不如意？其实，所有幸福都源于内心知足。生命来来往往，来日并不方长。今天的天气很好，阳光很足，我是否能感觉到幸福呢？如果一切可以重新来过，你会选择现在的生活吗？

关键性的 5%

在“国学文化讲堂”中，老师讲了一个案例，我很受启发。

老师说，香水中 95% 左右的成分是水，只有 5% 左右是香精，这 5% 的调配是各家秘方。

人也是这样，95% 的东西基本相似，差别就是其中很关键性的 5%，包括人的修养、品格、欲望，决定了人的快乐、痛苦。5%，就是一个人刻在骨子里的教养，是一个人灵魂深处的修养。

我想，我曾读过的书，经历的事，时间长了，那些细枝末节我都忘了，剩下的，就成了修养。

所谓“有趣的灵魂”，实际上就是这个人的信息密度和知识层面远高于你，提出一些你没有听过的观点，从而颠覆了你对以往的认知和想象。

你看，香精要熬上五年、十年才加到香水里面去，人也是一样，要经过成长锻炼，形成独一无二的味道。每个人的身上都有属于自身独特的光芒，属于自己特有的魅力，那是别人无法模仿和拥有的。

每个人都拥有骄傲的权利，所以我们的自信要自己来诠释，坚持自己的纯朴和特别。

做山一样的人，不一定高大巍峨但必要庄重挺立；做水一样的人，不一定波澜壮阔但必定清澈明净。不要在意别人的眼光和别人在背后所有的议论，不管别人说什么做什么，把心态放好，做好自己，问心无愧。只要你心态好了，就会觉得生活中无时无刻都洒满阳光。

做好自己的本分，比什么都重要。坚持做，做独一无二，做与别人不一样的人，坚持是关键。

兜里有钱

在那个金色的午后，阳光穿过窗帘，洒在咖啡厅的角落。王潮歌导演坐在沙发上，手里捧着一杯热咖啡，香气弥漫。她望着杯中的咖啡出神，眼神中透露出一种坚定。此时，她调转头，向视频外的观众讲述一位年迈的五金店老板的故事。

这位大爷，经营他的五金店已十来年。让人惊讶的是，他这些年一直在亏损。平均每月亏损两万元，一年下来就是二十四万。然而，面对这样的亏损，大爷却始终保持乐观的心态，甚至打算继续亏损下去。

有人不解，问他为什么要坚持开这个亏损的店。大爷却笑着说："如果每天都想着亏损，想着退休养老，那就会让人心生烦恼，甚至生病，然后把钱送到医院去。我现在开店，虽然亏损，但我开心，身体也健康。这不比把钱送到医院好吗？"他的话语中透露出一种豁达和乐观，让人深感敬佩。

兜里有钱，心里没事，这简单的一句话，却蕴含着生活最真实的美好。这位老板用他的经历，让观众对快乐与金钱的关系有了更深的领悟。

大爷的快乐，并非普通人所能复制。他年轻时积累了一定的财富，即使现在亏损，也能承受得起。他拥有的三层楼，更是他从容生活的底气。他开店，不是为了谋生，而是为了体验生活，寻找快乐。

听了大爷的故事，我不禁想起了王尔德的那句话："年轻的时候，我以为钱是最重要的，现在老了才发现，的确如此。"这句话既是他对金钱的态度的自述，也是他人生经验的总结。

王尔德认为，年轻时金钱至上，但随着年龄增长，他意识到金钱并非万能，而只是生活的一部分。他的金钱观转变反映了生活的多样性和复杂性，也提醒我们要理性对待金钱和物质，明确自己的人生价值观和生活目标。

"口袋里的钱，往往关乎我们的生活质量。没有足够的经济基础，我们很难心安理得地面对生活中的种种挑战。"这是我邻居的生活哲学。

记得那年十月，我老家邻居的孩子得了骨癌，住进医院后，急需五万元的手术费。这对她来说，无疑是晴天霹雳，因为不久前，她公公刚做完手术，花光了家里所有积蓄。

那段时间，她和丈夫到处奔波，四处借钱，没睡过一天安稳觉，整个人也瘦掉了十多斤。后来，钱是筹到了，可她也因为过度劳累，引发旧疾，跟着住院了。当医生告知她，儿子手术成功的那一瞬间，她靠在丈夫怀里，失声痛哭。

这一刻，你还会认为钱不重要吗？我见过太多因为生病而到处筹钱救命的人，如果不是走投无路，谁愿意四处求人？

有人把钱看得很重，并不是因为被物质冲昏了头脑，而是没有钱，当意外突然发生时，会束手无策。

在繁忙的生活中，兜里的钱如同一把镇定的调色刀，将焦虑、不安一一割去，使暗潮涌动的湖水，涟漪悠扬。

钱，确实是我们生活中的重要支撑，它让我们有了更多的选择和自由。但更重要的是，我们要像大爷那样，学会在金钱与快乐之间找到平衡，用金钱去创造更多的快乐，而不是被金钱所束缚。

当然，大爷的故事，让我看到了生活中的另一种可能。他用自己的方式，诠释了什么是真正的快乐。他告诉我们，快乐并不一定要建立在金钱的基础上，有时候，即使亏损，也能找到属于自己的快乐。

有一位中国教育界的名人，曾以其独特的金钱观和生活态度引发过广泛的社会关注。他曾在一个公开场合中表达了自己对金钱的看法，他认为没钱有一个好处，那就是会让人幻想有钱了该多好啊。然而，一旦真正有钱了，却可能会带来更多的麻烦和痛苦。这种观点，虽然有些许的悲观，却也揭示了人生中一个无法避免的现实：无论你拥有多少，人生的苦难总是无止境的。

这位名人的观点，并不是要我们放弃追求财富，而是要我们明白，金钱并不是解决所有问题的万能钥匙。人生中的困难和挑战，往往需要我们具备解决问题的能力，而不仅仅是金钱。如果一个人没有这种能力，即使拥有再多的财富，也可能会感到生活的无趣和绝望。

在这个物欲横流的社会，我们往往被金钱所迷惑，忘记了生活的本质。那位大爷的故事,提醒我们要重新审视自己的生活,找回那份最初的快乐。或许，我们也可以像他那样，用一种更豁达的心态去面对生活中的得失，用一种更乐观的态度去迎接未来的挑战。

在金钱与人生的交错中，我们常常会发现，真正的财富并不仅限于银行账户里的数字，而更多地体现在心灵的丰盈和生活的满足。正如大爷所说：“做人嘛，最重要的是开心。”

毕竟，生活的意义并不在于我们拥有多少金钱，而在于我们如何去使用这些金钱，去创造更多的快乐和幸福。因为，生活不仅仅是金钱的累积，更是一种对内心世界的探索与发现。

爱若如初

新年的钟声，铿锵顿挫地响起。此时，我收到了来自朋友的第一份真挚祝福：“带着满心欢喜，向前奔赴；每一朝每一暮，热爱依旧如初。”读之，心中涌起一股暖流。

何其有幸，时光与我并进。在忙碌的奔波中，岁月如流水般悄然逝去，又似那静默的年轮，虽看不见、摸不着，却与我如影随形。

新的一年，我携着阳光，依着温暖明媚前行，在心中悄然种下一点善意，一点美好，不辜负每一寸光阴。我想，快乐便是我在这世间最美的模样。

生活，需要我去热爱些什么呢？那草木光阴，一书一茶，一粥一饭，皆是生活的真味，日常的欢喜便藏匿在这些点滴细微之处。做我自己所爱之事，照顾好自己的身体与灵魂，让美好的光阴成为赠予自己的礼物。这就是我理解的热爱。

我也常常思索，幸福究竟为何物？是那每晚归家时为我亮着的温暖灯火，是清晨那一缕柔和阳光的照耀，是天凉时那一句加衣的叮嘱，是情有所依、爱有所托的深深牵挂，是恰逢一朵花开的欣喜，是与三两知己品茶论道的诗意时光。

我的欢喜，源自心底的芬芳气息，那粗茶淡饭中亦能品出安稳的滋味。无须攀比，学会在平淡中寻觅灵魂的诗意栖居。生活终究不过是一场不断取悦自己的旅程。

村上春树曾言：“你要记得那些黑暗中默默抱紧你的人，逗你笑的人，陪你彻夜聊天的人，坐车来看望你的人，带着你四处游荡的人，说想念你的人。是这些人，组成了你生命中一点一滴的温暖，是这些温暖使你远离阴霾，是这些温暖使你成为善良的人。”是的，生命中的暖香，源于懂得与珍惜。那些贴心的温暖，那些红尘中的匆匆擦肩，无论是寒凉时相扶的那双手，还是擦肩而过的缘分，都成为我人生中最美的记忆。

年少时，我和同伴一样，曾锋芒毕露，眼不容沙，一身傲骨，百折不挠。然而，随着岁月的流逝，我渐渐发现，自己也不过是这凡世中的一粒微尘。

好事还是要多磨。历经重重磨难后，有一天，突然发现我曾经的棱角已被岁月磨平，在挫折与磨难中多了一份沉静，在爱与守望中多了一份笃定，也在磕绊与碰撞中放下了许多固执与偏见。

这一路走来，我曾温暖过他人，也被许多人温暖过。正是这些生命中的点滴温暖，汇聚成暖阳，驱散生命的凉薄，给予我前行的力量，将平淡日子里的奔忙化作美好的记忆。那些走过的路，终将成为岁月枝头的一份欢喜。

人生，没有绝对的美满，只有尚未领悟的心。有人笑着爱世界，有人哭着爱世界，但愿我能成为那个一直微笑的人。

“好好生活，好好爱。”这是一句很简单的话语，却是我一直以来的向往。

相信一切都是最好的安排。新的一年，我用顺其自然的心态，过随遇而安的生活，让每一个当下都充满力量与希望，让自己成为生命中最美的风景。

爱若如初，我心依旧。

大雨过后

大雨过后，世界仿佛被洗礼了一番，清新的空气中弥漫着泥土的芬芳。此刻，人群中分化出了两种截然不同的心境。

一种人，他们抬头仰望苍穹，眼中映照着雨后的彩虹，那七彩的拱桥仿佛是天神的恩赐，给予人们无尽的希望和喜悦；而另一种人，他们低头凝视着脚下的土地，眼中满是淤泥和积水，看到的是泥泞和艰难。

那么，我又是哪一种人呢？我扪心自问，思绪万千。

我一直都觉得，一个人有什么样的信念，就会有什么样的人生。没有正确信念的人，或许将过着迷惘的一生。

在美国流传着这样一个故事：一位酗酒的父亲，养了一对双胞胎兄弟。他们在同一天出生，在同一个家庭长大，也在 28 岁的同一天登上美国著名的报纸。

哥哥登上报纸的原因是他当选了那一届最年轻的国会参议员，将为国家作出更大的贡献；弟弟登上报纸的原因是他参与了抢劫一家银行并杀了人，被判了无期徒刑。

一位记者采访哥哥："是什么促成你今天的成功？"哥哥回答说："我有一个那样的父亲，每天回家后都会给我一顿毒打。在那种家庭环境里，我除了出人头地，别无选择。"

弟弟也接受了采访，他无辜地说：“我父亲酗酒，每天回家都会暴打我一顿，我的身体和心灵满是伤痕。在那样的家庭环境里，我别无选择，谁让我有一个那样失败的父亲呢？”

两种不同的信念，决定了两种不同的人生。你相信生命是美好的，生命就会越来越好，你相信生命是苦难的，生命就会越来越苦难。

我很欣赏海伦·凯勒说过的一句发人深省的话：“当你面对阳光时，影子就被甩在身后；当你背对着阳光时，那你将永远淹没于影子之中。”当不同的人拥有不同的信念，就会下意识地站在不同角度去看待这件事，从而得出不同的结果，并且对自身造成一定影响。其实，事物的本身并不影响人，人们只受到对事物看法的影响。

信念看不见也摸不着，是非常强大的精神力量，它只存在于自己的思想与灵魂深处。当前后左右都没有路时，大部分人会陷落于绝望里，而只有少数懂得思维转弯的人，能够开辟新方向，走出一线生机。所以，人们常说，自己的命运由自己开拓。

朋友时不时鼓励我：“持续努力，变平凡为非凡！虽然这句话很鸡汤，但持续努力一定是实现愿望的重要途径。”

是的，人们从不缺少一时的冲动与热血，但能坚持下来的人，总是少之又少。现实与梦想的距离，需要一步一步地努力，一天一天地积累才能日渐缩短，最终得以实现。

思想是画笔，人生是画布。人们的思想不同，人生的画卷也不同。有人说，稻盛和夫是一位成功的商人，因为他几乎已经悟到了人生的真谛。他曾经饱受苦难，但是后来逐渐改变了自己的心态，让自己变得十分强大，最终成为两家世界500强企业的创始人。这在商业领域，可以算得上了不起。他经常讲，人生其实并非由天定，而是取决于自己的内心。

记得《苦儿流浪记》中有一段情节：主人公与几名矿工在工作时，遇到矿井塌陷了，大家被困在一个狭小的空间里，脚下的流水在慢慢涨高，他们没有食物，没有足够的氧气，生的希望是那么渺茫。营救虽然在努力进行着，但人们都没多大把握成功。

被困井下的矿工中有一个人带了表。最后有人提议熄了灯，每隔一段时间让那名矿工报一次时间，大家都休息，节省体力，节约氧气。矿工每隔半个小时就会报一次时，时间就这样在一分一秒地过去，只是半个小时似乎越来越久。人们的心也慢慢地被揪紧，等到营救队到达时，他们竟然奇迹般地存活下来。

后来大家才知道，矿工为了让大家保存生的希望，赢得等待救援的宝贵时间，每次报时都会将时间慢慢延长。是什么使他们挣脱了死亡线？是信念激发了他们求生的潜能，让他们等到了救援。没有这份坚定的信念，他们很可能会陆续倒下，从此长埋矿井之下！

信念是什么？王菲在一首歌里唱过“思念是一种很玄的东西”，信念也是一种很玄的东西，它是给人生命的力量。能不能说，信念就是你我呼吸的空气，是沙漠中旅人的饮水，是你我心中的太阳？

信念的前提是相信，并且有一个正确的方向。虽然当时未必能够看到希望，但是只要相信，信念便会为人提供源源不断的动力，使之成为现实。

现在我知道了，在一个人的生命旅程中，决定其命运的并非其所处的环境或遭遇，而是其秉持的信念。

相信什么就会得到什么。相信，是一种信念；信念，是一切的根源。

附录一：

丹顶鹤与散文的飞行高度

——观鸟与读书平行笔记

马连义

今年立冬与小雪之间，我关注着两件事，一动一静。

第一件事是观察候鸟，几乎每天白天都要在野鹿荡观察候鸟南飞。晚间回到恒北村住地，读一读高新东先生的《光阴也长大》《秋色如春》《站在岸上赏月》《飞过一片时间的海》四本散文新著，这是第二件事。读着美文，想着鸟群，这个冬天比较安祥，不像去年此时，疫情肆虐，“兵荒马乱”的。

据观察，今年冬天野鹿荡有200多种候鸟在此过境或者越冬。近两周几乎每天都有贵客来，目不暇接。而高新东先生的散文，也几乎篇篇珠玑，赏心悦目。关键是两者高度切合。我数了一下，直接描述大自然的有100多篇，仅《站在岸上赏月》这一本就有30多篇，在现代散文写作案例中，这个比例很高。涉及明月、桃花、光束、浮生、潮汐、方塘、靠山，并有多处关于鸟的描述，风乎舞雩，天河绚灿。

我想起仙鹤的婉约与散文的尔雅。

我还想起仙鹤与散文的飞行高度。

我还想起仙鹤与散文的美学价值。

截至昨天，野鹿荡已见36只丹顶鹤、200多只东方白鹳、200多只黑脸琵鹭等国家一级保护飞鸟。黑脸琵鹭是从朝鲜半岛飞来的，在大连栖息一周，到野鹿荡休整10天，前天136只飞去祖国宝岛了，1200千米，飞行19个小时。丹顶鹤则选择在此越冬。每天中午太阳暖和的时候，丹顶鹤们在跳舞，集中在浅水滩或周边麦地的边沿。

野外归来，我在高新东先生的千篇散文中徜徉，竟然发现温和、温暖、温度是四本散文集的基调，冬日暖阳下的麦地，成为这些散文的背景。无论是致敬先贤、知人论世或点评当下，全部温文尔雅，娓娓道来，格物致知，沁人心脾。

在恒北村的方塘边，面前有几只喜鹊和麻雀在觅食，我与高新东先生讨论着仙鹤与散文的飞行高度。到野鹿荡越冬的丹顶鹤是从西伯利亚飞来的，那里有一个山口海拔1400米，是这条飞行线的基础高度。想想一个生命的个体，与同伴一起在云端飞翔，其视野，其胸怀，其对于自然资源的观照与选择，其领队在风雨交加中呼唤、指挥团队的风声鹤唳，是何等壮阔、豪迈与悲悯。

高新东先生在创作过程中，认真研读了20多位古今中外散文名家之作，发现优秀的散文都会飞，飞向高处，飞向远方，当它们像候鸟那样折回的时候，就完成了灵魂的洗礼和生命的轮回。高先生将这种领悟贯彻到他的作品之中，这些作品便格外流畅与豁达。

人生修为应当还有一种境界，叫作“自然美学陶冶”。比如清晨在一棵树的枝丫间，观察霞光将一张带着露珠的蜘蛛网映照得色彩斑斓；或者月明星稀的夜晚，仰视冬季大三角明亮的存在……我们在凝视，呈忘我状态，其实已经沉浸在宇宙级别的浪漫之中，这应当是顶级的修为。

对于我们平常之辈，天高云淡，望断南飞雁，就是世间极致美学和宇宙极别的浪漫。在这个冬天，我和本书作者一起，阅读了大量天行之物和世间散文，提升着散文写作与大自然联接的能力，计划着在我们世界遗产地的家乡，写作更多灵动的散文，展示大自然无尽生态之美。

2023 年 12 月 2 日于野鹿荡九船渡

（马连义：文化学者，本场人文化创始人，野鹿荡中华暗夜星空保护区创始人。）

附录二：

秋天，是欣赏的时节

陈素琴

秋天，是一种成熟，更蕴含着新的希望。

那天，在去上海的高铁上，我正心无旁骛地拜读高新东先生的散文时，突然接到一个电话，正巧是他打来的，请我给他的散文集写一篇书评，我既感到荣幸之至又甚恐自己不能写好。

高新东先生为人谦逊低调，做事稳健靠谱。他兴趣广泛，多有涉猎，无论是在书法、文学，还是在乒乓球、音乐、摄影等方面，均颇有建树。他的文学作品曾多次在“人民作家”等媒体上发表，我也是他的忠实粉丝。

能够给他的文章写点读后感，我真的非常幸运和幸福！30多年前，高新东先生是一名从盐城会计学校工业会计专业毕业的佼佼学子。30多年来，通过自己的不懈努力和深耕博采，他终于在文学的大地上开花结果，绽放芳华。

想当年，我刚大学毕业，一工作就有幸担任他们班的班主任。作为一名财会专业老师，看到优秀学生的散文集即将出版，我感到无比地自豪，更为他感到高兴！一路走来，我见证了他的成长、成才和成功。在为他点赞之余，又担心我不能胜任写书评的任务。

于是，工作之余，我又一次认真研读了《光阴也长大》《秋色如春》《站在岸上赏月》《飞过一片时间的海》四本书稿。每本书，都分为四辑，分别从四个维度层层铺展，步步递进。内容丰富，包罗万象。有写人、写景、写事，也有写历史故事，写小城文化，写人生感悟。每一辑、每一篇都高能赋氧，催人奋进！

高新东先生文笔细腻，温润如玉，没有哗众取宠，没有辞藻堆砌，字里行间流露出的是源于生活又高于生活的余甘之味。他的每一篇文章，都有自己独特的观察和思考，看似漫不经心，娓娓道来，实则于景于情于理中都能发散出金字塔般的大内涵。它可以引领读者酣畅淋漓，一口气追寻下去，充分感受他的身临其境……

生命是一场旅行，四季轮回，秋色如春。秋是收获，秋是沉甸，秋更是生生不息的希望。生活是一首战歌，只要用心弹奏，一定会响彻云霄。高新东先生就是这样一位用心用情演绎生活的高人。他的散文，会让您不知不觉中，从一个个鲜活的人物或事件中汲取到满满的社会正能量；也会让您与人物的命运紧紧相扣，产生休戚相关的共情效应；更会让您在人物的境遇和感思中留连忘返，蓄积力量。

“不积跬步，无以至千里；不积小流，无以成江海。”高新东先生就是这样一位向下扎根、向上生长的坚持者和追梦人。他的宽广胸怀和人生格局，相信每一位读者都能从他的书中，慢慢领悟，细细品味。

我感觉，拜读高新东先生的散文，真的是一种修行，它可以让人们抛开眼前所有的烦恼，完全沉浸在文章的意蕴和氛围中，充分领略出世的旷达。

“生活不止眼前的苟且，还有诗和远方。”高新东先生做到了，他用文字，把一个个平凡的烟火故事，写成了不平凡的书香和诗意，向读者真诚奉送了一份饱含浓情蜜意的美味佳肴，非常值得一读！

我为大家推荐高新东先生的散文集，相信您一定会醍醐灌顶，受益匪浅。凭善良处世，用阳光生活，以最好的心态面朝大海，春暖花开！“海到无边天作岸，山登绝顶我为峰。”高新东先生凭借多年的积累和沉淀，创造了人生的又一个辉煌！他的散文，值得大家认真研读，我祝贺他，为他鼓掌、喝彩！他的成功，更是我们做老师的无上光荣！

让我们一起拜读吧，赏一赏高新东先生温润的人间烟火和岁月清香。读书，是一个可以让人变得更加辽阔的过程。人间草木深，我心桃花源。一转眼，已入深秋，高新东先生也刚好正值人生的秋天。作为老师，我虽然比他大不了几岁，但是走入秋季，我欣赏到的却是满园春色。相信在不久的将来，高新东先生一定会创作出更多更美的文学奇葩，带给读者一个又一个更为惊喜的文学盛宴。祝愿他在文学的圣殿上，叱咤风云，一路雄起！

2023年11月16日于上海

（陈素琴：学者、教授，系作者老师。）

附录三：

浪花雨露皆成诗

骆圣宏

有些人没有成为作家，有时不是因为他没有这个能力，而是他有另外的路要走；有些人没有作家的头衔，并不代表他没有作家的文采，只是我们未曾有机会遇见。

新东是一块玉，一块璞玉。这块璞玉，我花了二十年才识得他的本真。

他小我几岁，都在同一个城市，在不同的单位从事文字工作，并相继走上单位的领导岗位。尽管如此，和他原只是认识而已，没有真正地深入交流过。在我刻板的印象中，他也无非和其他众多文秘出身的官员一样，一个“刀笔吏”起家的不大不小的“官僚”而已。

去年在一次活动上再次遇到他，谈起新媒体文学平台“人民作家”，他滔滔不绝，谈了很多看法，没想到与我心中想的不谋而合，甚是惊奇。一天我去政府大院办事，时间比较宽裕，我就打电话给他，问他在不在办公室，方便的话去喝茶坐坐。他正好在，热情地邀请我过去坐坐。

进了他的办公室，堆积如山的书又一次震惊了我。有政治学习方面的书，有工作业务方面的书，有历史和地方史志方面的书，也有文学方面的，书橱里满满的，办公桌子上、条柜上、茶几上、空桌上，全部都是。

谈起梦想，他希望将来退休以后能有一间工作室，几个人一起喝喝茶，看看书，写写画画，晒晒太阳，聊聊天，那多好啊。

他的办公室在二楼，窗外树木葱茏，阳光甚好。我说，这也正是我的梦想。

我说，你现在工作这么忙，哪来时间看书的？他说，挤。每天晚上不仅要看书，还要写书法、记日记，还写了上千篇日记式小品文。我说，你可以写一些文章，我们“人民作家”给你发啊。他谦虚地说，以前在业务报刊上发表过不少散文、随笔，也在《北京文学》上发表过一篇散文，就是怕不符合“人民作家”的用稿标准。我说，你发来看看。

后来相继发表了他的几篇散文，反响很好。他为人很谦虚，喜欢听取各种意见，我这个人水平不高却又好为人师，我们的交流就多了起来，手机信息里、电话中、茶桌上，谈文学、谈往事、谈地方历史文化。和他交流，如沐松风，如濯山泉，如浴煦阳，又如高堂听诵，回响不绝！

今年春夏之交的时候，我说我正在整理以前的文稿，准备集中出版，建议他一起出。他说是随手记的，不一定符合出版要求。我说，你选一些出来，我们一起看看，能选多少就出多少。没想到，他竟然选出了四本书的稿子出来。可以说每一篇都精美如玉，一如他的人品一样。那些闪亮的句子、精美的段落、富于哲理的思辨，让我想到了璞玉。新东就是一块璞玉，平时低调地藏在泥土里，其实内心就是美玉。

他的文字，如同溪水从山涧流下，真诚而自然，自然而唯美，唯美而富于哲理，一切好似天成。然而细品，你就会发现，每一滴溪水无不是生活的大山挤压出来的。人生总会有许多压力，有些压力也只有自己默默承受，无可言说，无人能说。外在的风光，总会伴随无以言说的无奈、困顿、焦虑、无解。我想，既有温情和友爱，也一定会有阿谀逢迎、伪善欺诈。善良的父母传承给他那些正直的品德和原始的正义感，时刻提醒着他如何做人做事，良知和现实的冲突无时不在。

纷繁复杂的机关事务，会让人变得平庸而琐碎；组织人事的特殊性，也总会见识人性的多面性；特殊的身份，也让亲情、友情变得更加复杂而敏感，等等。

新东喜欢听音乐，也喜欢写书法。音乐和书法都强调协调、和谐及内在的韵律，正如他享受音乐之美、书法之美一样，他能通过内心的自我治愈，把人生中的风雨揉碎、消解，把生活的点滴雨露放大、呵护，然后升华成一道道思想的彩虹，并用优美而抒情的文字记录下来。他用文字的形式，时刻和灵魂对表，在日复一日的对照中，修炼提升了自己，也无意中为我们读者留下了一笔宝贵的财富，既是文学财富，也是独特的精神财富。正可谓无心插柳柳成荫。

他这样写道："只有熬出来的日子，才有滋味，越是难熬的时候，越要让自己开心快乐。在喧嚣的世界中，我也常常感到迷茫和焦虑。每天忙忙碌碌地工作、赶路、应酬、养家，还要抽时间运动、看书、写字、听音乐，生活节奏快得让人透不过气来。在这样的日子里，我似乎忽略了自己内心最真实的声音。""适合自己的就好，不必活在别人的眼光里。芭蕉是我种的，我不怨芭蕉。"（《种了芭蕉亦不怨芭蕉》）

绵延的思绪无不是人生智慧的结晶，看似普通的不能再普通却又十分深刻的思想浪花无不是从毛孔里抠出来的血珠。

他的这些文字，不仅让我们感受到文学之美、语言之美、哲思之美，也让我们体味到生活之美、人性之美、亲情之美、友情之美。

他在写下这些文字时，并没有想要发表或出版，只是作为人生的感悟随手记录，正因如此，它没有通常的作文套路和矫情造作，更多的是真情的流露。真实才有力量，真情才能打动人。

唯美的文字，流畅的文笔，从容豁达的情怀，纵横捭阖的叙述，委婉跌宕的思绪，摇曳生辉的思想火花，变化多姿的行文风格，回味无穷的诗意表达，形成"新东式哲思散文"独特的审美意趣。

一段对话，一次茶叙，不经意的一瞥，抑或花草树木、浪花和雨露，在他的笔下和心底皆有了诗意，有了禅味和人生哲理。他的文字让我想到了林清玄，也让我想到了汪曾祺，虽然未达到二位名家的境界，却也不乏一些神韵。

汇集成册的这些作品，是从众多作品中精选出来的，许多句子、段落、篇章，让人爱不释手，流连忘返，真的值得我们花时间去好好读一读，仔细品味品味，不同的人，或许都能从中找到自己情感共振的点。

姜琍敏，江苏散文学会会长，曾任中国散文学会副会长、《雨花》杂志的主编，他第一次见到高新东的文章即给予高度赞赏，并自己操刀为新东的书写序言。作品能得到省级文学大刊曾经的主编认可并亲自写序，这对于每个文学爱好者来说，是莫大的肯定和荣耀，也是梦寐以求的美事。

现在写文章的人很多，有些人是为写文章而写文章，为写风景而写风景，为写故事而写故事，看山是山，看水是水，只有自然的真实，没有艺术的真实。高新东却不同，许多作品早已看山不是山，看水不是水，有的虽然看山还是山，看水还是水，但他笔下的那些山，那些水，那些人，那些事，与生活的本真有了本质的区别，有了更多的他性，好多从自然的真实上升到艺术的真实、形而上的真实。

同样，写美文和小品文的人很多，但在人性角力场淬火锤炼几十年的高新东，如崎岖峻美的高山，高山之下，无不压抑着火山过后的壮怀激烈；他那平静如家常的文字背后，也有着壮怀激烈后的释然。因而，同样的树木花草和闲情逸致，在他的笔下就多了几分深刻和大度，多了几分人生的睿智和宽容。

“如果我错过了太阳和月亮，别急，我还有繁星。如果这个世界上什么事都是完美的，那就没有真正的完美。正是有了这些不完美，才能衬托出其他的完美。更重要的是在遗憾中会催生一种勇气，难道不能说遗憾也是一种向上的力量吗？”（《遗憾是岁月的成全》）

读高新东的这几本书，我想，一定会有与读其他书不一样的情感体验、人生感悟和美学收获。

心理学上有一种疗法叫叙事疗法，他通过每天的个人生活、思绪感悟的记述，治愈自己那颗四处闯荡的心，今天我们有幸读到这些文字，不仅可以看电影般地去经历、体验他曾经的情感、思绪、场景，这些文字也可以随时抚慰我们在不同年龄阶段、不同人生场景中受伤的那颗心。

别人把风花雪月过成一地鸡毛，他把平凡和庸常过成诗情画意。

新东的这些文字，不仅可以让我们享受到文学之美，还可以让我们感受到他的为人之美、谦逊之美和善良之美。

新东和我一样，出生在一个贫寒的农民家庭，尽管他小我几岁，人生经历却是大同小异。我自认为已经很勤奋、很励志了，但跟他比起来，却是自愧不如，特别是他的自律、做人做事、温良谦恭，更是我望尘莫及。

20 世纪 80 年代，国家急需人才，每年通过中考，从初中毕业生中优先录取优秀学子到各个职业学校上中专。就这样，高新东考上了财会学校。跳出农门，即将捧上“铁饭碗”，他没有躺平睡大觉，而是如饥似渴地读书。毕业后分配到乡镇财政所，他一边工作，一边学着写业务文章、写新闻报道、写随笔和散文，甚至写小说。不久，他的才能被上级领导发现，调其到县财政局工作。

到了县局以后，他除了做好自己的业务工作之外，继续写作，并主动承担了许多份外的工作。同时参加自学考试，先后取得大专和本科文凭。县纪委发现了他这个人才，协商调他去，被他单位领导回绝；接着组织人事部门也发现了他，直接将他调了过去。

繁忙的工作中他仍然坚持学习和写作，把别人打牌、喝酒的时间用来充实自己。即使现在已经当上了领导干部，他每个月至少也要读五六本书，睡前读，出差途中也读。网上有句话说，每个成功人士光鲜的背后，莫不是苦行僧般的生活。这句话，我觉得放在他身上也同样适用。

“只有自己绽放了，才能被别人看见，去吸引相同频率的人。没有人能主宰我们的幸福，把一切都押注在别人身上时，什么都是被动的。爱自己，更爱他人，才是终身幸福的开始。每段人生都不一样，每个人的经历也有所不同，追求的愿望也自然不一样。不看轻别人的梦想，也不妄自菲薄自己的追求。照顾好自己，也顾及他人，开启幸福余生。”(《偏爱自己》)

只要你认真读完他这四本新书，除了能感受到文学之美外，一定也会读到他不一样的人生故事，感受到励志向上的精神风貌、兼收并蓄的阔大情怀、谦逊自律的良好品质，等等。我想，他不仅是我们同龄人的楷模，也应该是青少年学习的榜样。

我常爱荷花，但我如何才能做到荷花般高洁？我常羡松柏，我又如何能像松柏般挺拔伟岸？亲君子而远小人，读一读新东先生的文字，也是我们从善如流的一次身体力行，让我们生命里的每一朵浪花雨露也能诗意般开放。

2023 年 11 月 28 日于杭州

（骆圣宏：当代公安非虚构作家，中国平安文化理论创立者，新媒体文学平台“人民作家”总编辑。）

附录四：

光阴的宝藏是永恒

高　雅

2023年10月27日，爸爸发来信息，说要送我一台相机，鼓励我多记录生活的美好。原来，今天是我的生日。就在这一天，爸爸的散文集初稿尘埃落定，寄来给我，希望我写一篇感言。

受益于父母的开明，我自小就在一个非常独立且包容的家庭环境里长大，看了不少的闲书，也走了不小的世界。

大概从高中开始，成长道路上的每一个关键决定，父母都是给了我全部决策权，同时又极为鼓励我发展自己的兴趣爱好，在他们的能力范围内给了我最好的生活条件和发展空间。

这样的教育，也成就了我一直以来非常独立且勇敢的性格。拿到书稿后，由于工作繁忙，只能抽出碎片时间，时不时地看两篇，就这么从细枝末节里发掘了一些我成长环境背后的故事。

《光阴也长大》《秋色如春》《站在岸上赏月》《飞过一片时间的海》这四本散文集，按照人生的脉络和内心的独白，真实、平淡却温柔地讲述着爸爸从童年到学生时代再到工作以后的所思、所想和所悟。

很多故事，我从未听说过，但通过这些娓娓道来的文字，我却感受到了奇妙的时空连接，仿佛将现在的我与童年的爸爸相牵在了一起。可能正是因为爸爸经历过的故事、形成的人生态度，才体现在了对我的教育上，也言传身教、潜移默化地形成了我的自我认同和人格特征。

从前我并不迷信基因或是遗传的力量，只觉得人是独立的个体，都有各自的风采。可当我看到散文集后记里爸爸这么形容自己的工作风格："这么多年，我乐意做铺垫、辅助、幕后和助人的工作，更多的时候还跑了不少'龙套'，不希望自己多出'风头'，多'显摆'，只是想多做事、多思考、少说话。"我才真正感受到了命运的齿轮似乎早就开始转动。不知不觉中，我好像也成长为一个带有明显家庭色彩的大人，踏实做事，真诚做人，默默地接受着命运标好的价码。

《想念史铁生》中有这么一段话："一个人十三四岁的夏天，在路上捡到一支真枪。因为年少无知，天不怕地不怕，他扣下扳机。没有人死，也没有人受伤。他认为自己开了空枪。后来他三四十岁或者更老，走在路上听到背后有隐隐约约的风声。他停下来转过身去，子弹正中眉心。"教育提前为我灌输思想，而在我拥有阅历那一刻，醍醐灌顶，茅塞顿开。

我在上学的时候，总是急着赶路读书，从未曾品味文人风骨，总以为那些美好的词句，是束缚自己的粗布麻绳。回望时才发现，一切皆是熠熠生辉的丝绸缎带。教育的真正意义在于知行合一，它往往具有长期性和滞后性。子弹正中眉心的那一刻，之前的所学，才算真正意义上完成了任务。

在记性好的时候，记住了那些文章，然后在接下来的人生长河中慢慢品味。读完这四本散文集，爸爸的岁月中扣下的扳机仿佛正中了我的眉心。我想，这枚子弹是光阴的宝藏。

人们总说，人无法同时拥有青春和对青春的感受。可贵的是，我在仍算得上青春的年纪，读到了爸爸对青春的感受，虽然时空交错，但是也算是另一种同时拥有。

“岁月并非永远年轻，光阴也会长大。”而光阴的宝藏是永恒的。

2023年11月20日于南京

（高雅：目前在南京工作，系作者女儿。）

后　记

要不要写这后记？

那天，在梧桐悦读新空间，几个文友聚在一起，品着秋天的“第一杯红茶”。午后，阳光透过厚厚的玻璃，泻满整个空间，温暖地洒落在脸颊上，令人很是惬意。

秋天，一个收获的时节，我的内心显得格外宁静。桌面上，铺开的是我的散文书稿。大家议到书的后记。我的本意是不想写后记了，为什么这么说呢？

主要有几个方面的因素。一来，我的心路历程，在许多文章中都写到，想说的话也都说了，书至尾端，再写后记，是否有画蛇添足之嫌？二是，我阅读学习过许多名家的散文集，也有一定的感慨。2023 年 9 月，我有幸去南京师范大学参加培训，在学校对面的先锋书店，我一口气买了余秋雨、贾平凹、林清玄、余华和毕飞宇等多名作家的散文集，最终发现他们也不是每本书都写后记的。回头想想，我许多篇散文的风格，也都是从一些名家的美文中汲取营养而逐步形成的。他们的散文集没有后记，而我一个普通的文学爱好者为什么要写后记呢？其三，与我的做人原则有关。这么多年，我乐意做铺垫、辅助、幕后和助人的工作，更多的时候还跑了不少“龙套”，不希望自己多出“风头”、多“显摆”，只是想多做事、多思考、少说话。

一起茶叙的文友圣宏先生与劲松、晓芸两位老师都劝我，还是要写一个后记。不为别的，只为读者着想，你要告诉人家，你为什么要出书？你一个学会计的“理工男”，怎么又变成了“文字匠”？说得都在理。

实事求是地讲，我还是听得进好的意见和建议的，这样也是为了能不断提升我自己。当晚，在自家的书房里，我开始琢磨如何起笔后记。想着想着，不由得思绪万千。

我是一个出生在苏北的农家孩子，没有上过幼儿园，也不知道什么是学前班。八岁时，和生产队其他小朋友一样，背着黄书包，独自走路上一年级，从来没有享受过父母的接送。教我们课的，大多是苏州、无锡的知青和本大队高中（也有初中）毕业的代课老师。

上小学对我来说，不是压力，而是新鲜、热闹和好奇。上课常常是“小和尚念经——有口无心”，跟着本来就不专业的老师，一起读拼音字母，学说普通话，学做“1+2 等于几”的数学题。

背课文，真是一项“苦交易”。最喜好的是体育课，操场才是我们这些天真孩童的“练兵场”。

三年级，要写作文了。说实在的，我不会写，大多数同学也和我一样。怎么办？于是，我就求教于读过几天书的妈妈。忙完一天农活，吃过晚饭，在煤油灯下，妈妈说一句，我写一句，才把作文勉强完成。

做了妈妈半年的“秘书”后，我似乎有点儿“开窍”了，知道怎么写作文了，也悟出了一些写作文的“秘诀”。那就是紧扣主题，抓住关键词和核心内容，把心里想说的话说出来、写出来，这就是作文。可见，妈妈才是我的第一任写作老师，而且是一个出色的好老师。

那时候，农村每家都养几头猪、几只羊。我们放学后，都有一个任务，必须挑一篮子猪菜或羊草。挑猪菜、羊草对我来说不是大事，我了解它们的“市场”，那就是生产队西北片“三条田”里的猪菜最多，东北片“六排沟”东北角靠河边羊草遍地都是，一般一篮子的任务，我半个小时就能完成。这时，我会从篮子底下掏出带过来的书，坐在清澈的小河边、棉花田埂上或者农家的草堆旁,美滋滋地看上一个小时书。识字不全的我，就这样似懂非懂地被一本本书中的故事打动着……

清晰地记得，有一天傍晚，借着夕阳的余晖，当我看完一部“大块头”的书后，就对着落日发呆，想象多少年后，我该是像隔壁邻居本才、玉春一样种田养家，还是像本怀、忠华一样学一门手艺？抑或像贵忠、本华一样参军报国？都不是，我只想到新华书店去当一名营业员，或是到图书馆做一个管理员，一生与书相伴。

再后来，我考入盐城会计学校，开启了四年的求学之路。在那里，我既学到了专业知识，又悟到了许多做人的道理，最重要的是还学会了思考，形成了可以支撑自己一辈子的人生观和价值观。

盐城会计学校改变我的不仅是身份，更是命运。那时，学校刚刚从在龙冈的税训班搬到盐城新校区不久，正处于从白手起家到逐步完善的阶段，图书馆还在筹建之中，好在盐城市图书馆距离学校不是很远，我常常过去借书，抑或到老城区的新华书店“蹭书”。在盐城会计学校期间，我有幸在国家级报刊上发表了我人生的第一篇“大文章”，这也为我今后的文字工作树立了自信，奠定了坚实的基石。

工作后，我先后在《中国财政》《中国财经报》《国内动态清样》《北京文学》《中国组织人事报》《新华日报》《盐阜大众报》等报刊及“人民作家”、微博、今日头条、美篇等网络平台发表论文、通讯、随笔、散文、小说1000余篇。

一日下班途中，一缕斜阳划过我的眼际，一群大雁从头顶掠过，径直飞向南方。低头一看，随着一阵微风吹过，目光所及之处，一片枫叶正从我的眼前飘过，紧接着，两片、三片、四片……恰似我的小品文一篇又一篇面世，真的令我无限感慨。

多年来，我一直坚持着一些生活习惯。比如，每天晚上必须保留一到两个小时，用于看书、练字、写作和听音乐。再比如，每天坚持写日记，把工作和生活中所见、所思、所想都及时用文字记录下来，每每有成熟的小品文，也会在相关的公众号上予以发布。另外，我还有一个爱好就是喜欢文摘，这一习惯坚持了40多年。从上初中开始，我就专门有个摘录本，先是摘抄歌词、诗词，后来在看书过程中，会摘抄优美的散文词句，手抄、剪贴各类美文美句。

有了网络后，我开始用台式机、笔记本、平板、手机等工具摘录，并且还有意识地对一些文字加入自己的思想，再加工、再提升、再完善，最终形成了后来的“心论语”栏目品牌。我估算了一下，也积累了有60多万文字，这些都为我的散文创作扎下了根基，铺好了路。

2023年夏日，一个要好的文友邀我一起品茶。我一边品味着清香的茶叶，一边心怀畅想，每一个品种的茶叶都有它们各自别具一格的脾性和滋润,这不好似一本本厚厚实实的“书”吗?

茶如此，那么人呢？我们每一个人也应该都是一本书。文友说：“我秋天要组织出版一套书，你可以把过去的散文整理一下，拿来出版，这也算是对我们过往的人生留个烙印。”我当场表态，真是太好啦！

对这事，我认了真。每逢周末，我都会用心整理散落在各类媒体的小品文，前后梳理了大概1000多篇，做过一次删减后，留下500多篇，后来又二次删减为280多篇，最终形成四本书体量的文稿。

坦率地说，我写散文，纯属个人爱好，只是想让自己工作和生活中的一些经历、想法和感慨，能以文字的形式记录下来，好多小品文甚至都还没有来得及二次深加工。更多的小品文则是与朋友、同事、同学和家人在吃饭、喝茶、聊天过程中的一些体会。有的可能是他们说过的一件事，也有的是他们感叹的一句话,或者是大家讨论过的一个话题。从未想过能有汇编成集、出书成册的这一天，只是作为日记保留了下来。要说出版，这本书更像“围炉煮茶”,或者叫“自说自话”。文友说,这样不行,太土太老太模式化，散文集还是要有散文集的模样。

为此，我没有少跑图书馆和新华书店，专门学习探索散文集到底该怎么“集”、怎么编、怎么整、怎么合以及怎么出新。

“文章千古事,得失寸心知。”我想,我就按时间顺序编排吧:从最初喜爱文学，到坚持业余创作，再到后来发表文章；由出生记事，到懵懂开悟；从小学到初中，由外出求学到工作就业；从恋爱结婚到女儿长大；由父母养我渐渐长大，到我陪父母慢慢变老。从一路走来的点点墨香中，我梳理出了一个大体的脉络。

这也就有了后来的散文“集叙”的故事。从《光阴也长大》说起,悄然间到了人生的秋天——《秋色如春》。此时的我,《站在岸上赏月》,看人间烟火,思万里长城。《飞过一片时间的海》,在思绪起伏的文字中感悟生命的美好，享受时间的恩赐。

按照文章不同的内容，我将它们归类为四个专辑，看似不同章节，但其实贯穿着时间以及内心独白这根主线。时间跨度说大不大，说小也不小，弹指一挥间，四五十年就这样过去了，这可是我一生中最为宝贵的年华。我曾经一度认为，是自己把最美好的光阴拿来折腾了，可如今再回首，那些没有被折腾过的光阴就等于蹉跎岁月。在这些作品中，我把自己的人生过往兜底捧出，以期给心灵一个赤诚交待。

是的，散文本身就是一种心灵的独白，是心灵对于现实、对于历史的一种感悟，它需要抒发、明辨和呼唤，有时也需要无言的感恩——感天地、感时世、感人物、感情景。那么，对我来说，有感触有感想有感悟，就需要独白，需要交流，需要更多的表达方式，于是便有了您手中的这本散文集。

《站在岸上赏月》这本书共 82 篇小文，这些小文有的是在夜深人静时写的，有的是趁午休空闲时写的，有的是在飞机上、候车室和动车上写的。有些写起来壮志满怀，有些写起来怅然若失，有些写起来黯然神伤，甚至泪流满面……但无论何情何境，都是我真情实意的流露，莫不充满着对美好生活的向往。

以赤子之心爱世界，以真诚之笔写人间。在人生的秋季出书，无关成名、无关成家，只希望我生命里感动我心的点点滴滴，也能感动到打开这本书的您。

书中有些文字还略显粗糙，有些语句还不尽完美，但它们却实实在在地满足了我通过文字来表达对生命的敬畏，对生活的热爱，以及对身边亲人朋友和领导、同事的感恩。

值此《站在岸上赏月》一书出版之际，首先，我要感谢我的家人，感谢我的太太沈卫华女士，是她给予了我全方位的关心和支持，为我提供了宝贵的创作时间！我还要感谢我的宝贝女儿高雅，她在忙碌的工作之余专门为本书写了读后感！我衷心感谢蒋巍、姜琍敏、朱寿桐三位大家，感谢著名文化学者马连义先生、班主任陈素琴老师和文友骆圣宏先生，感谢你们在百忙之中为本书作序、写评、写感！我还要感谢诸多文友，帮我审阅初稿，给我提供许多有益的建议和意见。我特别要感谢江苏凤凰文艺出版社姚丽、梁雪波两位老师，没有你们的精心策划和悉心指导，就没有我这本书的成功面世。在此，谢谢你们！

最后，我还要感谢这个伟大的时代，是时代为我提供了一个让人生出彩，让梦想成真的大好契机！我也要感谢每一个正在阅读的您！因为有缘，我们相遇；因为有缘，我们相识。让我们一起与时代共成长、同进步！谢谢！

高新东

2023 年 12 月 21 日于盐城